Mohand Saïd Fellag est né en Kabylie. Après des études à l'Institut national d'art dramatique d'Alger, il enchaîne des rôles dans différents théâtres puis voyage en France, au Canada et aux États-Unis. Il rentre en Algérie en 1985, y démarre une carrière d'humoriste, enchaîne les one-man shows. Dix ans après, il s'exile à nouveau en France. Créateur de *Djurdjurassique Bled*, il réécrit et adapte en 2000 *Un bateau pour l'Australie* et publie son premier roman, *Rue des petites daurades*. Son second livre, *C'est à Alger*, sort l'année suivante. En mars 2003, il est le premier lauréat du Prix Raymond Devos. En avril, la création de l'Opéra d'Casbah coïncide avec la sortie de *Comment réussir un bon petit couscous*, un petit livre apéritif destiné à faire patienter ceux qui attendent *Le dernier chameau* (2005) et *L'Allumeur de rêves berbères* (2007).

Le dernier chameau
et autres histoires

FELLAG

Le dernier chameau
et autres histoires

NOUVELLES

À Claire Acquart,
Rachid Sabri,
Belaïd Serkhane,
Rachid Saddeg.

UN COING EN HIVER

À mesure qu'ils s'humanisent, on donne aux animaux domestiques des noms de plus en plus sophistiqués. Les vulgaires Médor, Rex ou Fox sont devenus Héphaïstos, Anastase ou Marilyn. J'ai même entendu un « Abracadabra, sors de là ! », lancé par un propriétaire excédé à son teckel à poils durs réfugié depuis une demi-heure dans une vespasienne automatique !

Mais quelqu'un a-t-il jamais songé à nommer les arbres domestiques qui mettent en valeur nos parcs et nos jardins, nos balcons et nos terrasses, nous offrent leurs odeurs enivrantes, leurs couleurs changeantes, un abri quand il pleut, de l'ombre quand il fait chaud ? Certes, ils possèdent une appellation générique, selon la famille à laquelle ils appartiennent, mais chacun d'eux reste anonyme, alors que leurs personnalités sont uniques. Il n'est, pour s'en convaincre, que d'entendre les exclamations de leurs propriétaires. Admiratives – Mon olivier est magnifique ! – ou inquiètes – Mon prunier me cause bien du tracas !

Tant d'attentions, qui riment pourtant avec affection, n'ont pas encore réussi à créer de véritable échange entre l'Homme et l'Arbre. Ce dernier n'est évidemment pas coupable de cette carence affective. Il appartient à l'homme de faire le premier pas.

J'ai toujours su que la vie de ces merveilleux êtres végétaux n'était pas très éloignée de celle des humains et des animaux. Dans mes moments d'hypersensibilité, c'est-à-dire approximativement une semaine par mois, je me souviens de les avoir « sentis » vivre. Je savais, même s'il est difficile d'identifier cette sensation curieuse, qu'ils aiment, rient, pleurent, chantent, soupirent et regrettent tout comme nous. Je le savais aussi par la somme des connaissances glanées au hasard de mes lectures. Toutefois, je le confesse avec une certaine gêne, il ne m'était jamais venu à l'idée d'assister à une conférence sur les maladies qui ravagent les chênes zen, les cèdres du Liban ou les palmiers nains du Japon.

J'aimais profondément toutes les formes de végétation, mais j'entretenais une relation très particulière avec celles qui avaient été déplacées de leur milieu naturel. Leur exil, leur solitude me touchaient et je fus un jour bouleversé jusqu'aux larmes par la déréliction d'un acacia dans l'immensité du désert. Longtemps j'ai bichonné le peuplier accroché à la berge de la petite rivière qui bordait le jardin de mon enfance.

Dans la liste des icônes qui ont structuré ma personnalité, ce peuplier occupe une place importante. Le bleu et le vert de ses feuilles frémissant au vent comme des millions de papillons agglutinés à ses fines branches argentées ont bercé mon âme d'un indicible mystère. Il a accompagné une grande partie de ma vie, mais j'avoue n'avoir jamais tenté de m'en faire un ami. Je ne suis jamais allé jusqu'à lui faire des confidences ni écouter les siennes.

Il existait en tout et pour tout une demi-douzaine de peupliers dans la région de mon village. Disséminés au hasard des talus et des vallons, ils ne se connaissaient pas. Perdus au milieu des collines, rongés par un maquis qui poussait dru sur leurs joues comme une barbe hirsute, ils avaient des airs

de clandestins qui tentent de se faire une place dis-
crète dans une société rétive à leur présence. Je me
suis toujours demandé ce qui les avait poussés à
s'implanter dans cette contrée, quelle main avait
semé leurs graines ou planté leurs boutures a priori
incompatibles avec ces terres semi-arides qui pré-
fèrent offrir leur ventre au cactus, à l'acacia et à
l'agave. Ce n'étaient pas les hommes de mon village :
chez nous, on ne plante que ce qui est utile à l'estomac. Alors, quelle voie avaient-ils empruntée ? Les
sabots des ânes, les plumes des oiseaux, le souffle du
vent, l'œil du cyclone, la flèche de la foudre, le rou-
lement du tonnerre ? Étaient-ils la survivance de
peuplades nordiques passées par là, des siècles auparavant, trimballant les arbres de leur pays natal pour
ne pas perdre le nord de leur nostalgie ?

Étaient-ils le fruit d'un hasard incongru ou d'une
expérience agronomique dont on avait perdu les traces ? Nul ne le saura jamais. Il me fallut attendre
l'année 1992 pour me lier d'amitié avec un cognassier.

À l'époque, j'habitais une cité nouvelle, en retrait
d'une ville côtière, à une trentaine de kilomètres à
l'ouest d'Alger. Les cinq immeubles qui composaient
l'ensemble étaient construits de façon aléatoire sur
l'ancienne propriété d'un colon français. Transfor-
mée, dans l'enthousiasme de l'indépendance, en
coopérative agricole socialiste, puis divisée, après
dissipation du mirage kolkhozien, en plusieurs petits
lots distribués à des groupes de paysans au cours
d'un tirage au sort réglé d'avance.

À ses débuts, notre cité semblait promise à un avenir radieux. La plupart des appartements avaient été
attribués à des fonctionnaires, journalistes, méde-
cins, avocats et jeunes cadres pleins d'espoir. Au bout
de quelques mois, tout le monde se connaissait, se
rendait mutuellement de ces petits services qui faci-
litent la vie quotidienne. Nous avions commencé par

engager un gardien de nuit pour surveiller le parking improvisé, planté des arbres, semé des massifs de fleurs, fait goudronner les allées et même réussi à éclairer l'ensemble de l'espace qui donnait l'impression, au milieu de ce terrain vague, d'une oasis de modernité singulière. Par singulière, je veux dire totalement opposée au naturel.

Les accessoires hétéroclites achetés de-ci de-là, en fonction de leur disponibilité sur le marché, juraient souvent par leur ringardise. Ils étaient d'un kitsch criard, provocateur, mais possédaient le mérite de l'originalité dans ce pays qui avait une fâcheuse tendance à se négliger.

Hélas, la violence qui éclata peu après ruina tous nos espoirs, et l'idée que nous nous faisions du paradis s'évapora instantanément. Il y eut un premier attentat, puis un second, un troisième et, en quelques mois, tout sombra dans le chaos. Notre petite communauté, un concentré de tout ce que les ennemis de la modernité haïssaient le plus au monde, devint l'une de leurs cibles privilégiées. Isolée, la cité offrait un vaste choix de victimes idéales. Une véritable aubaine pour la barbarie. Pas une semaine sans que l'un ou l'autre de mes voisins fût exécuté. Beaucoup préférèrent s'en aller. Seuls restèrent ceux qui n'avaient pas d'alternative. Chacun se terrait chez soi. Certains formèrent des groupes d'autodéfense. Les ferronniers travaillaient toute la journée, soudant des barreaux aux fenêtres et des barres aux portes. Le gardien de nuit fut assassiné et personne ne prit sa place. La cité dépérit. Le chèvrefeuille, amoureusement planté par mes soins, qui s'était frayé un chemin autour des frises de l'entrée, fut victime d'un coup de sécateur. Les arbrisseaux moururent faute d'être arrosés. Les mauvaises herbes, elles, avaient trouvé les conditions idéales de leur développement et finirent par tout envahir.

À l'époque, j'étais laborantin dans une usine de shampoing et de produits de beauté. Fouzia, ma femme, était médecin. Comme tout le monde, nous avions reçu des menaces, et je lui avais demandé d'arrêter de travailler le temps de laisser passer l'orage. Elle m'avait répondu qu'il n'était pas question de céder à la menace obscurantiste. Elle ne voulait pas non plus entendre parler d'exil. « Tu n'es qu'une tête de bois ! » lui reprochais-je souvent, fou d'inquiétude, en la serrant dans mes bras avant son départ. Un matin, au moment où elle glissait sa clé dans la serrure de la voiture, une balle tirée à bout portant fit voler ce bois tendre en éclats.

Après l'enterrement, je restai plusieurs mois prostré chez mes parents, dans le centre d'Alger. Puis je regagnai ma cité, contre l'avis de ma famille. La colère, la déprime, l'envie d'en finir peut-être, retrouver l'esprit de ma femme, être fidèle à cette façon qu'elle avait de vivre, de rire, comme si le souffle de la mort n'était jamais passé par là. J'avais demandé un congé sans solde et passais le plus clair de mon temps à boire, fumer, pleurer et donner des coups de poing dans les murs à m'en briser tous les os des doigts. De temps en temps, l'un des rares voisins m'apportait du couscous, ou une chorba, et me tenait compagnie quelques heures ; mais c'était peine perdue.

La cité ressemblait à une ville fantôme. Un soir d'hiver, entre chien et loup, je sortis fumer une cigarette sur le balcon, comme tous les jours à la même heure.

Attitude délibérément provocante vis-à-vis de mes futurs bourreaux : je ne changerai rien à mes habitudes. Alors que mon esprit jouait avec la vague intention d'enjamber la rambarde, afin de me jeter dans le vide de ma vie, je remarquai qu'un glissement de terrain venait de déplacer une grosse partie du verger voisin. En équilibre entre deux fissures se tenait un cognassier presque entièrement déraciné. Mû par je ne sais quel sentiment d'urgence – ridicule étant donné les circonstances –, j'enfilai un manteau et sortis en courant. J'escaladai le monticule de terre meuble en m'accrochant aux arbustes rabougris et atteignis le pauvre arbre. Enfoncé dans la boue jusqu'aux mollets, je m'échinai à dégager les quelques racines encore accrochées à leur mère nourricière. Après vingt minutes d'efforts, je réussis à extraire le tronc et remontai le cognassier à la maison avec fébrilité. « Qu'est-ce qui lui est arrivé, au pauvre chéri ? me surpris-je à ânonner. Allez, je vais te mettre au chaud. Ça te fera du bien. » Je l'allongeai dans la baignoire avec mille précautions. « Voilà. Je vais te préparer un bon lit. » Je courus sur le balcon et récupérai dans une grande bassine le terreau de tous les pots de fleurs qui avaient péri depuis le départ de mon épouse adorée. « Ce n'est pas le grand luxe, dis-je, en plantant l'arbre dans le récipient du mieux que je pouvais, mais c'est provisoire. J'arrangerai tout demain. » Il tenait à peu près debout. Ne lui manquait qu'une bonne mesure de terre pour le stabiliser définitivement.

Le lendemain, je me réveillai beaucoup plus tôt que d'habitude, tout excité. Il me fallut quelques instants pour me convaincre que je n'avais pas rêvé, mais la terre collée sous mes ongles me rassura. Je me dirigeai vers la salle de bains avec une certaine appréhension. Mon cognassier avait-il bien dormi ? Quelle tête aurait-il à la lumière du jour ?.... Il était bien là où je l'avais laissé la veille, dans sa bassine posée au pied de la baignoire. Il devait mesurer un bon mètre quatre-vingts. Je fis le premier pas. « Dis donc, vieux, nous avons pratiquement la même taille ! Ça va faciliter les rapports, non ?.... Par contre, sans vouloir te vexer, tu es un peu chétif du tronc et tes branches sont malingres. Je ne sais pas trop ce qu'il faut faire, mais nous allons y remédier… Et tu ne portes qu'un seul fruit ! Qu'est-ce qui se passe ? Tu es malheureux ?…. Tu vas me raconter tout ça… Hé ! Je vais te faire une confidence : j'adore la confiture de coings ! »

Une fois rasé, je pris un café sur le pouce et partis pour la petite ville voisine. Je n'avais pas mis le nez dehors depuis près d'une semaine. Mon stock de pain congelé, d'œufs et de vin – c'est-à-dire l'essentiel de mon alimentation – était voisin de zéro.

À l'entrée de l'agglomération, je vis les grappes humaines, suintantes d'angoisse et de tristesse, attendre d'hypothétiques bus dans la grisaille du matin. Le cœur serré, j'accélérai. Arrivé au centre, je me garai devant le kiosque à journaux, en évitant de regarder les manchettes consacrées au lot habituel de massacres, et descendis vers le bord de mer.

Avec un peu de chance, le fleuriste aurait du terreau et me donnerait quelques conseils de diététique cognassière. Le rideau de fer était baissé. Je vérifiai l'heure : huit heures trente. *Encore un peu tôt. Je vais attendre au café.*

« Si vous êtes venu acheter des fleurs, vous perdez votre temps ! »

La voix cassée du vieil homme me fit tourner la tête. Appuyé sur sa canne en bois, il me dévisageait depuis le seuil de la maison voisine.

« Vous ne lisez plus les journaux, vous, hein ?

— Je préfère éviter.

— Vous avez bien raison… Sinon, vous sauriez que le fleuriste a été abattu dans son arrière-boutique la semaine dernière. Un marchand de fleurs ! Ils ne respectent rien ! »

Je tournai le dos au vieillard qui, de toute façon, n'attendait pas de réponse. Il me fallait un double whisky. De toute urgence. Mais, à l'instant où je regagnais ma voiture, une idée me traversa la tête et mit le feu à ma carcasse tremblante. *La Bibliothèque*

15

nationale d'Alger ! C'est le dernier endroit où il reste des livres. Là, je trouverai tout sur les cognassiers. Dans la voiture, je réglai mon autoradio sur la chaîne française de musique classique et tombai sur un concerto de Chopin qui barda mon esprit de douceur et de nostalgie durant tout le trajet.

« Je regrette, monsieur, me dit l'employé de la Bibliothèque avec un froid sourire, vous n'avez pas la carte.

— La carte ? Quelle carte ? Il faut une carte pour consulter les livres ? Comment l'obtenir ? »

— Vous devez fournir un extrait d'acte de naissance, un certificat de résidence, un certificat de nationalité algérienne, l'acte de naissance de vos père, mère, grand-père et grand-mère maternels et paternels, douze photos d'identité de face, une attestation de travail, une facture d'électricité, de téléphone, une quittance de loyer, vos bulletins scolaires depuis la maternelle, vos diplômes scolaires et universitaires, votre carnet de vaccinations... » *Il faut que je boive quelque chose. Vite !*

Deux rues plus loin, se trouvait un bistrot tenu par Mokrane, une figure de l'ancienne époque, celle d'avant le désarroi. Un beau vieux à la chevelure magnifique qui faisait penser à Gérard Philipe après un coup de grisou. Il avait gardé les gestes et la gouaille d'un état d'esprit en voie de disparition. Chez lui, on baignait dans un jacuzzi de chaleur humaine et de fumée de cigarette délicatement éclairé de musique chaâbi. À la deuxième bière, j'avais oublié l'arrogance bureaucratique de l'employé de la Bibliothèque. À la troisième, eurêka ! Je faillis sauter de joie sur la table. Je me contentai de sauter au cou de Mokrane, qui en resta coi, et sortis en courant. L'Institut national d'Agronomie ! Pourquoi n'y avais-je pas pensé avant ? Un de mes vieux copains, phytothérapeute, y enseignait depuis des années. Direction

Belfort, à la périphérie d'El-Harrach, ex-Maison-Carrée.

Youcef m'accueillit avec un grand plaisir, très vite mêlé d'étonnement lorsqu'il apprit le motif de ma visite. Il ne dit pas un mot du drame qui m'avait frappé, mais je reconnus le ton précautionneux et compatissant qu'on emploie avec les vieux en bout de course, les malades incurables et les maniaco-dépressifs potentiellement dangereux. Il m'invita à prendre un café dans la chambre que, faute de logement, il occupait dans l'établissement depuis quatorze ans, et me donna tous les renseignements. Un véritable cours magistral.

« Le cognassier, ou *Cydonia oblonga*, originaire d'Asie Mineure, de Transcaucasie plus précisément, prolifère en Iran et au Turkestan. Il a gagné les contrées méditerranéennes environ sept à huit siècles avant notre ère, probablement importé par les Grecs. Cette époque coïncide avec l'arrivée des Phéniciens en Afrique du Nord.

« Ces derniers possédaient de grandes connaissances agronomiques. Sais-tu qu'au deuxième siècle avant Jésus-Christ, le Carthaginois Gabarth avait rédigé un manuel d'agriculture qui fait encore autorité aujourd'hui ?....

— ... !

— Après avoir été plus ou moins négligé par les Romains, les Berbères et les Arabes, le cognassier a été réhabilité par les Andalous, venus s'installer au Maghreb après la *Reconquista*. Des gens très raffinés qui avaient élevé au rang d'art l'amour des jardins. À la fin des années trente, les grandes familles andalouses considéraient encore le cognassier comme le prince des jardins et son fruit, appelé *sfardjel* en arabe, comme un fruit noble. Ses fleurs sont parmi les plus belles des arbres fruitiers. Des dizaines de chants et de poèmes l'ont immortalisé. Les colons français ont développé cette culture sur des espaces

17

beaucoup plus importants. Comme toutes les espèces végétales, le *Cydonia oblonga* a souffert de la révolution agraire qui a suivi l'indépendance... Que te dire de plus ?.... Chez nous, les conditions de culture peuvent être excellentes, mais pas à grande échelle, car le cognassier est très capricieux. Il exige un sol assez doux, mi-lourd, ni trop humide ni trop froid, à l'abri des gelées et des courants d'air. Le sol ne doit pas contenir trop de calcaire, car il risque de souffrir d'une chlorose due à une carence en fer. La maladie qui le guette le plus fréquemment, c'est la tavelure. Elle se soigne avec du potasse de cuivre. Voilà. Je crois que c'est tout. »

Une fois rentré à la maison, je complétai le remplissage de la bassine d'un mélange de terre et d'engrais aimablement fournis par Youcef. Rassuré, je m'apprêtais à prendre une douche, lorsque l'incongruité du fruit accroché à la branche me frappa : de petite taille, la peau couverte d'un fin duvet... Je m'emparai du téléphone.

« Allô ? Youcef ?.... Dis-moi, on est en janvier, et je viens de remarquer que mon cognassier n'a pas perdu ses feuilles et porte un fruit ! C'est normal ?

— Bizarre, répondit mon ami, d'habitude la récolte se fait en octobre...

— C'est peut-être le stress ?

— Ou alors, c'est qu'il a rêvé...

— Comment ça "rêvé" ? Tu te moques de moi ?

— Pas du tout. Lorsqu'ils voient un figuier donner des fruits en hiver, les montagnards de Kabylie disent qu'il a rêvé du printemps. Quant à la rétention des feuilles, ce doit être une façon de se protéger contre le déséquilibre ambiant. Apparemment, tu as affaire à un cognassier particulièrement intelligent.

— Tu es en train de me dire qu'il y a des arbres plus malins que d'autres ?

18

— Bien sûr. Comme chez les humains. Et leur sensibilité est très variable, elle aussi. À en juger par ses réactions, celui-là est une véritable boule de nerfs.

— Mais qu'est-ce que je dois faire, pour le rassurer, moi ? Lui lire *Les Lettres de mon moulin* ?

— Pense simplement que ce qui est valable pour toi l'est également pour lui. Quand tu as chaud, qu'est-ce que tu fais ?

— Je me mets au frais.

— Pareil pour lui. Quand tu as soif ?

— Je bois.

— Lui aussi ! Quand tu as froid ?

— Je me mets au chaud !... Lui aussi ?

— Tu as compris !... Allez, bon courage !... Ah ! Une dernière chose : le cognassier est hermaphrodite. Il se fait des fruits tout seul. Donc, tu n'as pas besoin de lui chercher une copine.

— C'est déjà ça !... Au fait, je peux lui donner un nom ?

— Évidemment ! Il en sera ravi.

— J'ai pensé à Marco, en hommage à Marco Polo. Qu'est-ce que tu en dis ?

— Excellente idée ! Ciao, bello ! »

Peu à peu, mon arbre s'adapta à son nouvel environnement. Il reprenait du poil de la bête, si j'ose dire. Je suivais scrupuleusement les directives de Youcef, à propos de la nourriture, et le sortais sur le balcon, ou le rentrais dans le salon en fonction des fluctuations météorologiques. Quand il faisait très froid, je l'installais près du chauffage électrique et nous regardions la télévision ensemble. Je me souvins d'avoir lu que les plantes aimaient la musique classique et, le soir, je m'efforçais de jouer, sur le piano que j'avais offert à Fouzia pour ses trente ans, une petite sonate ou un concerto, mais je compris vite, à son air désolé, que Mozart, Chopin, Bach, Liszt, Beethoven et les autres réveillaient chez lui un spleen insoutenable.

Un matin, au petit déjeuner, alors que la radio diffusait « *I beeped when I shoulda bopped* », du regretté Cab Calloway, j'entendis un léger craquement de branche. « Tu veux me dire quelque chose ? » lui demandai-je, une tartine en suspens entre la tasse et ma bouche ouverte. Puis, comprenant l'absurdité de ma question, j'augmentai le son et laissai mon pied battre la mesure en engloutissant le vieux morceau de pain congelé/décongelé/rassis/grillé. Je vis le coing rosir légèrement et les feuilles frémir, alors que toutes les fenêtres étaient fermées : le doute n'était plus permis.

« Tu aimes le jazz ! » criai-je, me levant d'un bond pour entamer un de ces pas de danse dont le grand Cab avait le secret, avant de me précipiter vers ma collection d'albums de vinyle.

Je sortis de sa pochette un de mes 33 tours préférés, l'installai sur le plateau du tourne-disque, tirai le bras vers la droite pour actionner le moteur, et posai délicatement le diamant sur le bord du sillon. Aux premiers crachotements, mon cognassier se figea net. Une note de trompette déchira l'air, semblable au cri d'un aveugle dans la nuit sourde. J'entrai en apnée. Le cognassier relâcha ses feuilles, en signe de contentement. Miles Davis nous emporta tous deux dans le souffle puissant de l'instrument d'où jaillissait son âme. Quelques notes de piano venues de loin le rejoignirent, s'enlacèrent, et explosèrent en une chorégraphie sonore inouïe. Les balais entamèrent un brossage discret des peaux de la batterie qui se mirent à vibrer à l'unisson. À la fin du morceau, j'émergeai de l'océan fœtal où j'étais plongé depuis de longues minutes et le *Cydonia* frétilla de me voir revenir vivant. Depuis ce jour, je n'allumai plus jamais la télévision, ni la radio. Nous passâmes nos journées à écouter Louis Armstrong, Miles Davis, John Coltrane, Dizzy Gillespie, et autres princes d'une époque révolue. Le soir, je lisais à haute voix des poèmes de

Baudelaire, René Char et Omar Khayyam. Avant de me mettre au lit, j'improvisais des grimaces et des contorsions pour tromper mes angoisses, mais Marco n'était pas dupe. Il avait appris à voir la douleur derrière le vernis de la fantaisie. Je savais qu'il savait, mais je faisais comme si. Et lui aussi. Je l'embrassais tendrement avant d'enfouir sous les draps rêches les quatre-vingts kilos de tourments et d'incertitudes que mon corps abritait à contrecœur.

Quelque temps plus tard, mon patron et neuf de ses employés furent assassinés. Des hommes et des femmes que je connaissais depuis des années, égorgés comme de vulgaires moutons de l'Aïd. Avant de repartir, les tueurs avaient mis le feu à l'usine. Pour qui veut réduire la femme en esclavage, fabriquer des produits de beauté, c'est forcément un péché mortel. Je me reprochai d'abord amèrement de n'avoir pas partagé le sort de mes collègues. Mais peut-être la mort ne voulait-elle pas de moi ? En tout cas, pas comme ça. Pour la première fois, l'idée de quitter le pays me prit. Comme l'a dit l'un de nos grands dessinateurs de presse : « Partir, c'est mourir un peu, rester, c'est mourir beaucoup ».

J'expliquai à Marco qu'il était aussi tragique d'extraire un être humain du terreau où il avait semé ses rêves que de déterrer un arbre. « Le pays de l'homme, vois-tu, c'est celui où il a enterré son enfance. Il lui est très douloureux de s'éloigner du tombeau où gît ce moment crucial de son existence. S'il le laisse derrière lui, il pense que son fantôme viendra le hanter jusqu'à la fin de ses jours et mettra de l'amertume dans son exil... Mais quand la mort frappe à la porte... la vie doit sortir par la fenêtre ! Demain, je vais déposer ma demande de visa... Bien sûr que je t'emmène avec moi, grand nigaud ! Non mais ! »

Le lendemain, de retour du consulat français, je trouvai un attroupement inhabituel au pied de mon immeuble. Des enfants pleuraient, des femmes s'arrachaient les cheveux en hurlant et lacéraient avec leurs ongles leur pauvre visage défiguré par la douleur.

Hakim, mon voisin, deux de ses sœurs et une amie venue leur rendre visite venaient d'être abattus. Le froid me glaça jusqu'aux os, et une nausée brutale entra en conflit avec la boule de chagrin nouée dans mon arrière-gorge, paralysant ma respiration. Hakim était paraplégique depuis quelques années, à la suite d'un accident de voiture, mais son amour de la vie était incommensurable. Nous bavardions souvent ensemble. Quand je lui exprimais mon émerveillement devant sa joie de vivre, il me répondait en riant qu'il était paralysé des pieds, pas de la tête ! Je tentai de me frayer un chemin parmi la petite foule en pleurs pour prendre sa frêle maman dans mes bras, lui dire ma douleur et ma colère – mots dérisoires et pourtant indispensables qui accompagnent chacune de ces tragédies –, mais les policiers m'en empêchèrent. Je remontai chez moi en courant, ouvris la porte, et mon corps, pris de convulsions, expulsa tout ce qu'il contenait sur le tapis du couloir. Au bord de l'évanouissement, je me dirigeai vaille que vaille vers le canapé et m'y effondrai. Jusque-là, l'incertitude n'était pas un problème. Maintenant que j'avais décidé de partir, les deux mois d'attente pour obtenir une réponse à ma demande de visa, expédiée à Nantes, me paraissaient insurmontables.

Au bout de sept semaines, je commençai à envisager sérieusement une solution de rechange – passer clandestinement la frontière marocaine et me joindre aux boat people qui tentent la traversée du détroit de Gibraltar, même si l'entreprise, déjà périlleuse en elle-même, relevait carrément de la folie avec un cognassier sur le dos – lorsque je reçus une convocation du consulat général de France.

Ma demande de visa avait été acceptée ! Je courus acheter mon billet d'avion pour la semaine suivante, laissant à mon frère aîné le soin de vendre mon appartement, le mobilier et la voiture. Comme par hasard, un ami me téléphona le soir même, afin de m'avertir qu'un inconnu à la mine patibulaire était venu lui demander mon adresse exacte, soi-disant pour me livrer un colis urgent. Cette nuit-là, pris de panique, je crois n'avoir pas dormi plus d'une heure. Au petit matin, les yeux dans les poches, je me ruai de nouveau à l'agence de voyages et demandai à avancer la date de mon départ.

« C'est-à-dire ? me demanda l'employé, avec la même nonchalance que si j'étais venu réserver une semaine de vacances aux Maldives.

— Le plus tôt possible », répliquai-je, en me retenant de lui hurler ma réponse en pleine figure.

Il me trouva une place sur le premier vol du lendemain. Je rentrai aussitôt préparer ma valise et rassembler la paperasse pour demander asile en France. Tout en m'affairant, j'expliquai à Marco : « T'inquiète pas. Tu verras, on se refera une vie. On s'adaptera petit à petit. En tout cas, toi tu trouveras des conditions de développement beaucoup plus saines qu'ici. Tu rencontreras plein de cousins que tu ne connais pas. Et tu pourras même, peut-être, faire une greffe avec un *Cydonia oblonga* français. Ce serait chouette, non ?.... »

Le matin, aux aurores, j'étais au guichet de la police des frontières, attendant avec anxiété que le fonctionnaire enfermé dans son aquarium eût fini d'examiner mon passeport, page par page, lorsque le haut-parleur crachota une annonce dans un sabir qui voulait se faire passer pour de l'arabe classique. Perplexe, chacun se tourna vers son voisin avec des yeux ronds, mais personne n'était capable de déchiffrer un tel rébus. Ce n'est qu'à la troisième version de l'annonce, en fermant les yeux et en tendant bien l'oreille, qu'il me sembla discerner les syllabes de mon nom dans le charabia laborieusement déclamé par l'agent de l'aéroport, probablement un francophone contrarié.

« Vous ne voulez plus partir ? » me lança le policier en agitant le passeport devant mon visage.

Je rouvris les yeux et le saisis prestement.

« Si, si. C'est juste que j'ai cru entendre mon nom dans le haut-parleur. Vous savez de quoi il s'agit ?

— Sûrement pas. Je ne comprends jamais rien à leurs foutus messages. Vous vous appelez comment ?

— C'est écrit sur mon passeport, répliquai-je bêtement.

— Oui, mais je viens de vous le rendre. Vous croyez que je retiens les noms de tous ceux qui passent devant moi ?

— Ah, oui, pardon. Nabti. Slimane Nabti. »

Il décrocha le téléphone et demanda en français :

« Ahmed ? Zaïd à l'appareil. J'ai ici un certain Slimane Nabti. C'est lui que... ? D'accord ! Je te l'envoie tout de suite... C'est bien vous. On vous demande au service général des douanes. Comptoir du milieu. »

L'estomac noué, je me présentai au bureau indiqué. Un douanier se tenait à côté de Marco, qui sembla soulagé de me voir arriver.

« Bonjour, je suis Slimane Nabti », dis-je du ton le plus aimable possible.

L'homme pointa son doigt vers mon arbre.

« Elle est à vous cette plante verte ?

— En fait, ce n'est pas une plante verte, c'est un cognassier. Oui, il est à moi.

— Vous avez un visa ?

— Bien sûr », répondis-je, en lui tendant fièrement mon passeport vert.

24

Le douanier regarda l'objet avec l'air dédaigneux du portier d'un hôtel de luxe devant un pourboire minable.

« Je ne vous parle pas de votre visa à vous ; je parle du visa de l'arbre.

— Comment ça, le visa de l'arbre ? Vous vous moquez de moi ?

— J'ai une tête à plaisanter ?.... Est-ce que votre conasse possède un visa d'immatriculation ?

— Cognassier…

— Ne jouez pas sur les mots ! Il a un visa, oui ou non ? »

Je ne sais pas pourquoi, j'eus le culot d'élever la voix.

« Non mais, je rêve ! Je n'ai jamais entendu une ineptie pareille !

— Attention ! Vous êtes en train de porter atteinte aux fondements de la législation de ce pays ! Si vous persistez dans cette voie, vous allez le regretter, c'est moi qui vous le dis ! »

Machine arrière, toute.

« Je suis désolé. Je ne voulais pas…

— Je préfère ça. Nous allons faire comme si je n'avais rien entendu. Cet arbre est-il algérien ?

— Euh… Oui.

— Comme tous ses compatriotes, il ne peut donc quitter le pays sans un visa. Afin d'éviter les trafics, toute exportation d'espèce animale ou végétale doit passer par les services de contrôle du ministère de l'Agriculture qui sont seuls habilités à délivrer une autorisation de sortie du territoire national.

— Comment pouvais-je le savoir ?

— Vous connaissez la formule ? Nul n'est censé ignorer la loi.

— Mais… Je vais rater mon avion !

— Personne ne vous empêche de le prendre. Vous pouvez partir et demander à un parent de venir récupérer votre connassier.

— Mon cognassier, dis-je d'une voix faible, au bord des larmes.

— Si vous voulez.

— Et que dois-je faire pour obtenir ce visa ?

— Débrouillez-vous avec le ministère de l'Agriculture. »

Je pris une chambre à l'hôtel près de l'aéroport. Comme moi, Marco était dans un état épouvantable. Il perdait ses feuilles. Après lui avoir donné à boire, je le sortis sur le balcon pour qu'il profite des rayons du soleil. Je téléphonai à la réception pour commander un whisky avec de la glace, mais une voix caverneuse me répondit méchamment :

« Vous vous croyez en Amérique ou quoi ?

— Excusez-moi », dis-je, en reposant délicatement le combiné, comme un voleur pris de remords, replaçant le portefeuille dans la poche de sa victime.

Je décidai d'appeler Youcef. Peut-être pourrait-il m'aider. Avec un peu de chance, il connaissait quelqu'un à l'Agriculture... Une voix acariâtre de sexe féminin me répondit.

« Allô !

— Bonjour, mademoiselle, tentai-je.

— Madame !

— Oh, pardon, madame ! Pourriez-vous me passer le professeur Youcef Zaher s'il vous plaît ?

— C'est à quel sujet ?

— Je suis un vieil ami. C'est personnel.

— Un vieil ami ? Ça m'étonnerait ! » dit-elle sur un ton de reproche qui m'inquiéta.

« Et pourquoi donc, je vous prie ?

— Le professeur Zaher a été assassiné dans sa chambre, il y a deux semaines. C'était à la une de tous les quotidiens.

— Excusez-moi, je ne lis plus les journaux depuis très longtemps », fut tout ce que je trouvai à dire avant de raccrocher.

Hébété, je pris une profonde inspiration et me retournai vers Marco. « Quand nous serons à Paris, nous ferons la liste de tous ceux que nous n'avons pas pu pleurer parce que l'urgence de notre propre salut nous le commandait et nous verserons toutes les larmes de nos corps. Je t'en fais le serment. » Mais Marco ne connaissait pas le mot patience. Une petite perle brillante glissa le long de son tronc. Une goutte de sève en guise de larme.

Je passai trois jours à arpenter les couloirs antédiluviens du ministère de l'Agriculture, errant d'un bureau à l'autre sous les rires étouffés des employés à qui j'exposais mon dilemme. À force de ténacité, je finis par arriver jusqu'au chef du département « Faune et flore » qui, après bien des recherches, exhuma un décret jauni que personne n'avait jamais eu besoin d'appliquer. Je devais emmener mon cognassier passer une visite médicale chez le phytothérapeute, fournir son acte d'achat, un certificat d'hébergement visé par la mairie et sa photo en douze exemplaires.

Lorsque j'arrivai à la mairie de ma circonscription, la porte de l'austère bâtiment colonial était fermée. Je consultai ma montre. Théoriquement, il restait deux heures avant la fermeture des bureaux. Je m'adressai à l'un des deux policiers en faction de chaque côté de l'entrée.

« Vous pouvez me dire ce qui se passe ? »

Il me regarda comme si je débarquais de la planète Mars.

« Vous ne lisez pas les journaux ? »

Cette phrase maléfique suffit à déclencher un tremblement irrépressible de tout mon corps. Je n'avais pas besoin d'en savoir plus, mais il était trop tard pour arrêter le coup. Je me raidis dans l'attente du choc.

« Le maire et deux de ses adjoints ont été assassinés. Les employés ont décidé de cesser le travail, en signe de deuil et de protestation.

— Et vous savez quand ils vont rouvrir ? balbutiai-je, atterré à la fois par la tragique nouvelle et ce qu'elle impliquait pour Marco et moi.

— Ça, personne ne peut le dire. Peut-être demain… ou la semaine prochaine. »

Je redescendais les marches comme un zombie, lorsque j'entendis quelqu'un crier mon prénom. Je me retournai et aperçus Salim, un de mes voisins avec qui je buvais autrefois des bières dans les bistrots de la côte. C'était hier. Ou mille ans auparavant. Je ne savais plus très bien. Nous nous serrâmes la main.

« On ne te voit plus ! Qu'est-ce que tu deviens ?

— Pas grand-chose…

— Je comprends. Après ce qui est arrivé… Avec ma femme, on pense beaucoup à toi, tu sais…

— C'est gentil, merci.

— Tu voulais quelque chose à la mairie ?

— Un certificat d'hébergement, mais c'est foutu.

— Viens avec moi, dit-il, en m'entraînant vers une petite porte située sur le côté, qu'il ouvrit à l'aide d'une clé tirée de sa poche.

— Qu'est-ce que tu fais ?

— Je travaille ici. Tu as oublié ? »

Nous entrâmes. À l'intérieur, une dizaine de personnes parlaient à voix basse, devant des tasses de café vides et des cendriers pleins. Salim poussa les battants de la porte western, passa derrière le comptoir et choisit un formulaire qu'il commença à remplir. *Je, soussigné, nom, prénom, adresse, certifie héberger à mon domicile…*

« C'est quoi, le nom de la personne que tu héberges ?

— Euh… Marco.

— Ça, c'est son prénom. Son nom de famille ?

— Polo.

— Comme le navigateur ?

— Exactement.

— C'est original. Sexe ?

— Pardon ?

— C'est un homme ou une femme ?

— Ni l'un, ni l'autre…

— Comment ça, ni l'un ni l'autre ? C'est quoi, alors ?

— Un… arbre.

— Un arbre ? s'étrangla-t-il.

— Écoute… Je sais que ça peut te sembler dingue, mais c'est une histoire toute simple. J'ai en quelque sorte adopté un… cognassier… que j'ai sauvé en bas de l'immeuble. Je devais partir pour la France avec lui mais, au dernier moment, la douane m'a demandé un visa pour le sortir du territoire. Alors, je suis allé au ministère de l'Agriculture. Il va passer un examen médical… »

Salim cessa d'écrire et plissa les yeux en me regardant fixement, ce qui fit apparaître de profondes rides sur son front. Il jeta un coup d'œil vers ses collègues, afin de s'assurer qu'ils n'avaient rien entendu, et murmura, avec des accents de compassion dans la voix :

« Bien sûr. Bien sûr.

— Attends, Salim ! Tu ne vas pas me prendre pour un fou, hein ? Ce que je te raconte c'est la pure vérité vraie. Je sais que tout ça peut sembler absurde, mais c'est comme ça. On n'y peut rien. »

Salim continuait de me fixer, l'air inquiet.

« Il me faut aussi un certificat de vente. Pour justifier la provenance du cognassier, tu comprends ? Alors, comme le fleuriste a été assassiné, si tu pouvais me faire un papier comme quoi je l'ai acheté aux jardins municipaux. Ça ferait sérieux… Tu comprends, Salim, n'est-ce pas ?… Son nom officiel, c'est *Cydonia oblonga*. »

Il baissa la tête et remplit tous les papiers que je lui avais demandés, sans ajouter un mot. Au moment de nous séparer, il me prit dans ses bras, les yeux brillants de larmes, et me souhaita bonne chance.

Le surlendemain, vers midi, nous étions enfin prêts à décoller. Pour un départ prévu à huit heures vingt, c'était plutôt raisonnable. Le Boeing 767 de la compagnie nationale commençait à rouler sur la piste, les hôtesses procédaient aux démonstrations d'usage des procédures de sécurité, quand un coup de frein brutal propulsa tous les passagers vers l'avant. L'appareil s'arrêta et les moteurs s'éteignirent. Le personnel de bord qui ne contrôlait visiblement plus sa propre peur, nous demanda de ne pas paniquer et d'enlever nos chaussures. Quelques minutes plus tard, la cabine fut envahie de policiers qui nous enjoignirent de sortir de toute urgence par les toboggans qui venaient d'être déployés. Après une course folle en chaussettes sur le tarmac, nous nous retrouvâmes parqués dans une salle vitrée de l'aéroport où l'on nous apprit, deux heures plus tard, qu'il s'agissait d'une alerte à la bombe, ce que tout le monde avait compris depuis longtemps. L'attentat qui, quelques mois auparavant, avait fait neuf morts, des dizaines de blessés et des dégâts considérables dans l'enceinte de l'aérogare était encore présent dans tous les esprits. Je pensais à Marco, tout seul dans la soute. Il devait être mort d'inquiétude. Et si l'avion explosait ? Je m'en voulais terriblement de n'avoir pas réussi à l'embarquer avec moi. Ce n'était pas faute d'avoir essayé, mais le chef d'escale m'avait ri au nez.

J'avais fini par laisser un gros bakchich aux bagagistes pour que mon cognassier soit à l'aise dans la soute. Mais, au moment où ils l'emportaient, l'un d'eux s'était écrié – « Oh ! Un coing en hiver ! » – et avait arraché l'unique fruit qui ornait le sommet de mon arbre pour le croquer goulûment. J'avais cru mourir de rage. Si deux passagers ne m'avaient pas retenu, je lui aurais fracassé la tête. J'en avais encore les tripes à l'envers : impossible de toucher aux sandwiches faméliques arrosés de limonade tiède qu'on nous distribua vers quatorze heures. Mon attention fut alors attirée par un mouvement de foule dans le hall central situé derrière nous, un étage plus bas. Une vingtaine de policiers en uniforme, entourant une dizaine d'hommes en costume, traversaient la salle à grands pas. Au milieu de ce groupe compact, semblable à une tortue romaine lancée à l'assaut, je finis par distinguer un gringalet que deux costauds tenaient par le col de la veste. Il tentait de se débattre, mais l'homme qui le suivait lui assena un coup de matraque sur la nuque, et sa tête s'enfouit entre ses épaules dans un soubresaut. Un quart d'heure plus tard, on nous invita de nouveau à embarquer, en nous assurant que tout était réglé.

Dans l'avion, j'achetai une bouteille de whisky et demandai au steward de m'apporter des glaçons. Il revint quelques minutes après, avec un grand verre en plastique rempli de glace pilée. Derrière moi, une voix protesta :

« Comment peut-on laisser couler de l'alcool dans les veines d'un avion musulman ?

— Ceci n'est pas de l'alcool, prohibé par notre sainte religion, mais du thé écossais, cher monsieur », répliqua le steward, en m'adressant un sourire rayonnant d'intelligence espiègle, accompagné d'un magnifique clin d'œil complice capable de panser les blessures les plus profondes.

À Paris, le douanier scrutait les voyageurs de son œil d'aigle (apte à séparer instantanément le bon grain de l'ivraie). La tête baissée vers le chariot où trônait Marco, en équilibre sur deux valises, j'essayai d'éviter son regard. Peine perdue.

« Monsieur, s'il vous plaît ! »

Je m'arrêtai devant lui, en prenant mon air le plus innocent, ce qui est extrêmement difficile pour un Arabe face à un uniforme.

« Oui ?

— Vous arrivez d'où, avec votre poirier ? »

Ah, si tous les douaniers du monde voulaient bien se donner la main !

« C'est un cognassier. »

Il sursauta, méfiant.

« Pardon ?

— C'est un cognassier, monsieur le gendarme.

— Je ne suis pas gendarme, je suis douanier !

— Eh bien, lui c'est un cognassier, ce n'est pas un poirier.

— Dites donc, vous êtes un petit malin, vous ! Montrez-moi donc vos papiers et ceux de votre cocotier !

— Cognassier, dis-je, en lui tendant tous les documents officiels.

— Ah ! Vous arrivez d'Alger ! » sembla-t-il triompher.

« Et alors ? »

Il ne répondit pas, trop occupé à chercher la faille pour nous refouler, mais dut finalement se rendre à l'évidence : j'étais en règle. Et mon arbre aussi.

« C'est bon ! Allez-y ! » m'annonça-t-il à contrecœur.

Tandis que je m'éloignais je l'entendis marmonner dans mon dos : « Voilà qu'ils viennent avec leurs arbres, maintenant ! »

Mon ami Roger m'attendait à la sortie. Il écarquilla les yeux, puis éclata de son inimitable rire de Gascon.

« Mais c'est quoi, ça ?

— Ça, c'est Marco ! Marco, je te présente Roger !

— Enchanté de faire ta connaissance », déclama Roger, en secouant vigoureusement une branche du *Cydonia*.

Dès le lendemain de notre arrivée, nous profitâmes de notre liberté toute neuve. J'installai mon cognassier dans le petit chariot à roulettes que la mère de Roger utilisait pour ses courses, l'emmenai aux Tuileries et lui montrai le Louvre. Alors que nous rentrions par la place du Châtelet, je décidai de rompre avec mes habitudes et m'arrêtai devant un kiosque à journaux, où la manchette d'*El Watan* me sauta aux yeux : « *L'alerte à la bombe de l'aéroport d'Alger était un acte d'amour !* » J'achetai le quotidien, me dirigeai vers la terrasse du café le plus proche, commandai un demi pour moi, un grand verre d'eau pour Marco, et ouvris avec appréhension les pages de ce journal que j'avais cessé de lire depuis des siècles. Je lus à voix basse, afin de ne pas laisser mon compagnon dans l'ignorance.

« *L'homme qui a semé la panique à l'aéroport Houari-Boumediene, avant-hier, et que la police a arrêté quelques heures après son forfait, est un employé du service comptabilité de la compagnie nationale. Selon nos sources, il n'a pas fait de difficulté pour avouer aux autorités qu'il était épris depuis des années d'une hôtesse de l'air, à qui il reprochait de passer son temps dans les nuages. De surcroît, celle-ci avait repoussé ses avances en lui confiant son attirance pour les pilotes et autres objets volants. Il aurait voulu lui faire peur en semant la panique dans l'avion à bord duquel elle venait de prendre son service.* »

« Tu vois, dis-je à Marco en lui chatouillant une branche, tout est bien qui finit bien !

— Sauf pour lui ! » me répondit-il.

Rentrée des classes

Je m'appelle Nadia. Je suis psychiatre et j'ai quarante-cinq ans. Divorcée, trois enfants. Deux garçons qui vont à l'université, et une fille qui passe son bac dans deux mois, en arabe, ici à Alger, et l'année prochaine, en français, à Tunis. Si elle réussit, elle pourra poursuivre ses études supérieures en France.

J'exerce depuis quinze ans dans le service spécialisé d'un grand hôpital algérois. Beaucoup de gens viennent nous voir, en quête de soutien moral ou d'un anxiolytique pour surmonter les horreurs (indicibles) qu'ils ont vécues, à oublier le visage de la mort, aperçue de trop près, à laquelle ils ont souvent échappé par miracle. Ils sont très nombreux, trop nombreux. Sur les lits, sous les lits, assis sur les marches des escaliers, pliés en deux dans les ascenseurs qui ne fonctionnent plus depuis longtemps, adossés aux murs, perdus dans les couloirs, couchés par terre, pupilles dilatées, leurs yeux fixant le vide transformé en miroir de leurs souvenirs atroces, ils se taisent, hurlent, soliloquent, pleurent ou se griffent le visage jusqu'au sang.

Karim, mon mari, m'a quittée après vingt-deux ans de mariage. Il m'a tout laissé, et s'est s'installé dans un petit studio que son père lui avait légué dans le quartier Meissonier, au centre-ville. Les enfants avaient grandi. Il ne pouvait plus vivre avec une femme qui ne cessait de ressasser les horreurs que ses patients déversaient sur elle chaque jour.

« Quand tu rentres à la maison, j'aimerais que tu parles d'autre chose. Oublie un peu ton boulot. Laisse toutes ces saloperies au vestiaire. Tu vas me rendre fou avec tes histoires de fous.

— Ce n'est pas du boulot. C'est la vie qui part en morceaux. Un jour, ça nous atteindra aussi. Je ne peux pas fermer les yeux jusqu'au lendemain, comme on referme un dossier ! »

Mon grand-père disait : « Quand tu fermes les yeux, les choses que tu ne vois plus sont toujours là. C'est toi qui disparais. Quand tu rouvres les yeux, en apparence rien n'a bougé. Mais tu as perdu ce court instant durant lequel tu n'as pas regardé les choses en face. Ton cœur est vide de cette expérience. Les choses qui se sont produites pendant que tu fermais les yeux ne se reproduiront plus jamais. Il te manquera un chaînon qui, aussi infime soit-il, possède une valeur capitale lorsqu'il s'agit d'ajouter les choses les unes aux autres. » Enfin, il se peut que mon grand-père n'ait pas dit tout ça, parce qu'il est incapable de formuler une phrase aussi longue et alambiquée. Elle a dû sortir de mon cerveau torturé.

Karim a toujours été tiraillé entre la modernité dérangeante de l'esprit, et le réconfort de la tradition. Il a lu, étudié, voyagé, mais nage encore entre ces deux eaux, sans jamais oser le coup de reins nécessaire pour remonter à la surface et respirer l'air du large. J'ai peur qu'un jour il ne se laisse définitivement aspirer vers le fond.

Je suis à l'hôpital, service psychiatrie, assise sur une chaise, dans le bureau réservé aux psys qui ont des problèmes psys. Je suis en thérapie depuis huit mois. J'attends le docteur Abdeslam. En général, je l'attends deux ou trois heures. Comme tout le monde. Il est débordé.

Les cafards font le tour du propriétaire. À force d'attendre, je les connais tous, un par un. Je m'amuse à leur donner des noms, calculer leur âge, leur inventer un rôle : Mouloud, médecin-chef, Salim, dépressif chronique, Mokhtar, schizophrène aigu… J'essaie de déchiffrer le langage de leurs antennes et j'émets mes propres diagnostics. Étudiante, j'imaginais le psychiatre comme une sorte d'ingénieur en mécanique mentale. Pour moi, le cerveau des individus était une petite montre dont il fallait réparer les rouages afin que tout le monde soit à la bonne heure. En marchant dans la rue, j'entendais le tic-tac de ces milliers de montres ambulantes dont j'étais chargée de contrôler le rythme.

J'attends depuis plus d'une heure. Deux jeunes cafards à l'étonnante ressemblance se dirigent vers moi en traçant deux lignes quasiment parallèles. Jusqu'où cette géométrie du hasard durera-t-elle ?

Le docteur Abdeslam doit encore être à l'extérieur. Il dirige la brigade d'intervention appelée en urgence après les grands massacres. Je fais partie de son équipe. Quand les habitants d'un village perdent la tête après avoir assisté à l'anéantissement de la quasi-totalité des voisins, nous sommes chargés de remettre un peu d'ordre dans leurs pauvres cerveaux déboussolés. Il arrive aussi que la police fasse appel à nous parce qu'un soldat, ou même un officier, vient de craquer.

Toujours dans la discrétion la plus absolue. Le peuple ne doit pas savoir que le moral de ceux qui sont censés les protéger peut flancher, lui aussi. Dans ces cas-là, je n'interviens pas. Chez nous, les hommes refusent catégoriquement l'assistance d'une femme.

J'exerce dans le service psychiatrique d'un grand hôpital de la capitale d'un grand pays malade, où nous soignons la tête d'un corps qui perd pied. Pourtant, il faut tenir debout. Mon patron m'a dit : « Concentre-toi sur un petit nombre de choses précises, concrètes, qui te rattachent à la réalité. Des images, des mots, même douloureux, qui t'éloigneront du centre névralgique de ton trauma. »

J'ai conscience de ce qui m'arrive. Je ne suis pas folle. Avec la brigade, j'ai rencontré la vraie folie, la furieuse, la désespérée, l'inimaginable, celle qui frappe les vivants perdus au milieu des morts, baignant dans le sang, cherchant parmi les têtes coupées, les membres disloqués et les corps éventrés, à reconstituer un père, une mère, un frère, une sœur…

Un matin, il y a huit mois, le docteur Abdeslam a ouvert la porte de mon bureau. Il était environ sept heures trente. Je venais de prendre mon service, après une nuit de cauchemars sans répit. Près de lui se tenait une petite fille, qui devait avoir sept ou huit ans. Un cartable accroché dans le dos, elle portait une robe paysanne aux couleurs éclatantes, des chaussettes roses et des chaussures blanches fermées par des boucles dorées. Elle avait un petit nez camus et de grands yeux verts étonnés. Abdeslam posa délicatement la main derrière son épaule pour la faire entrer. J'eus l'impression qu'il tenait un bouquet de fleurs des champs à la main.

Il montra l'une des deux chaises à la petite et lui demanda de s'asseoir. Pendant qu'elle décrochait le cartable de son dos, le posait par terre et s'asseyait bien droite, sans s'appuyer contre le dossier, il s'était penché pour me murmurer quelques mots d'explication à l'oreille. Le trouble dut se lire sur mon visage, car il me dit, en se redressant : « Ça va ? » Je me ressaisis très vite et le rassurai : « Ça ira, docteur. » Je me levai pour fermer la porte derrière lui et vins m'asseoir sur l'autre chaise, à côté de la fillette.

« Bonjour… Attends, laisse-moi deviner ton prénom… Samira ! C'est ça ?

— Comment tu sais ?… Tu me connais ? questionna-t-elle, perplexe.

38

— Non, la rassurai-je, en posant mon index sur le bout de son nez. Je l'ai lu sur l'étiquette de ta blouse.

— C'est ma maman qui l'a cousue », claironna-t-elle, toute fière.

Le sang se retira de mon corps.

« Dis-moi, je n'ai pas eu le temps de manger ce matin. Si nous allions prendre un bon petit déjeuner, hein ? Avec des croissants et des pains au chocolat. Qu'est-ce que tu en dis ?

— Moi, j'ai déjà déjeuné. Avec les policiers. Ils m'ont donné du pain, du beurre et du café au lait.

— Ah !... Si nous allions nous promener un peu, alors ?

— Je ne peux pas. Je dois aller à l'école. C'est le premier jour et je ne veux pas être en retard, sinon la maîtresse ne sera pas contente !

— Ne t'inquiète pas pour l'école, ma chérie. Nous avons prévenu ta maîtresse que tu n'irais pas aujourd'hui. Il faut que nous parlions un peu toutes les deux. D'accord ? »

Elle était partagée entre la contrariété et le soulagement.

« Bon, d'accord.

— Ensuite, il faudra trouver un parent pour que tu ailles dormir chez lui ce soir. Chez qui veux-tu aller ?

— Je n'ai plus de parents. Ils sont tous au paradis. »

Direct au foie. Je lui pris la main en retenant un tremblement.

« Peut-être pas tous...

— Si. C'est l'homme avec une grande barbe blanche qui me l'a dit. »

Je me retins pour ne pas hurler de désespoir.

« Dans ce cas, je t'emmènerai chez moi. J'ai une grande fille, tu sais. Et deux grands garçons, aussi. Ils seront ravis de te rencontrer. Tu veux bien ? »

Elle haussa les épaules pour me signifier qu'elle n'avait pas le choix.

« Est-ce que tu peux me raconter ce qui s'est passé ?

— Les hommes avec des barbes sont arrivés quand il faisait nuit. Ils avaient l'air très méchants. Ils ont dit à ma mère de faire à manger pour tout le monde. Le plus vieux, avec une barbe blanche, il m'a fait asseoir sur ses genoux et il a sorti un grand couteau. Grand comme une épée. Il a dit que c'était pour égorger les méchants. Un autre a montré son gros fusil pour envoyer les ennemis de Dieu en enfer. Mon père a dit qu'on n'était pas des ennemis de Dieu, qu'on était des bons croyants. Alors, le vieux a dit que si c'était vrai, on n'avait pas peur de la mort, parce que les bons croyants vont au paradis. Puis, il m'a dit qu'il avait une petite fille comme moi, et qu'il ne l'avait pas vue depuis qu'il avait rejoint les montagnes pour se battre contre les ogres.

— Les ogres ?

— Oui. Il a dit que les ennemis de Dieu sont comme les ogres qui mangent les enfants. Et que les soldats de Dieu, ils étaient là pour défendre les enfants. Mais je l'ai pas cru.

— Tu as bien raison.

— Ma maman, ma tante et mes grandes sœurs, elles avaient allumé le four dans la cour, et elles ont fait cuire plein de galettes. Quand les soldats de Dieu ont fini de manger, ils ont mis toute la viande qui restait dans leurs sacs avec les galettes, et mon père leur a donné de l'argent. Puis, le vieux barbu il m'a fait sortir avec lui et on s'est assis à côté du four. Il a dit qu'il faisait chaud et qu'il allait me raconter une histoire. Que ça lui rappellerait sa petite fille. »

Samira s'arrêta un instant pour reprendre son souffle. Je lui laissai un peu de répit avant de la relancer.

« Et après ?

— Il m'a raconté l'histoire de Faraoun.

— Tu t'en souviens ?

— Bien sûr !... Faraoun, c'était un roi d'Égypte, né de l'accouplement d'un cochon et d'une femme de mauvaise vie. Il était tellement grand et tellement fort

40

qu'il pouvait boire l'eau d'un lac et manger mille jarres de couscous avec cent moutons vivants. Il avait tué des millions de gens et transformé tous les autres en esclaves. Puis, il a commencé à s'ennuyer. Alors, il a fait construire une pyramide très, très, très haute. Il montait dessus et il criait à Dieu de venir se battre avec lui ! Un jour, le ciel était tout bleu, il n'y avait pas un seul nuage, et une énorme cascade est tombée sur la tête de Faraoun. C'est Dieu qui lui faisait pipi dessus ! En bas, les gens se sont mis à rire et ont tapé dans leurs mains. Faraoun était très en colère et il a décapité tout son peuple...

— Elle est terrible, ton histoire.

— Attendez, c'est pas fini ! Les soldats de Dieu sont arrivés de la montagne. Ils étaient plus de cent mille ! Faraoun en a tué la moitié, mais à la fin, il n'avait plus de force et ils lui ont coupé la tête. Son sang a formé une grande mare dans le désert. On a attrapé la vieille sorcière qui lui servait de conseillère et on lui a battu la plante des pieds jusqu'au sang. Puis elle a été chassée du palais toute nue. Pour se venger, elle a pris des herbes magiques, elle les a mélangées avec les poils de son derrière, elle les a trempées dans le sang de Faraoun, et elle a fait pipi dans la mare ! En quelques jours, un arbre énorme est sorti de la boue. Quand les caravaniers passaient devant, ils le trouvaient tellement beau qu'ils coupaient des branches et les emportaient pour planter dans les jardins et les oasis. Ça faisait d'autres arbres qui portaient des fruits gros comme des citrouilles. Et quand ils étaient mûrs, ils éclataient en deux et laissaient sortir un bébé Faraoun qui grandissait à toute vitesse. C'est pour ça que les soldats de Dieu, ils doivent tout le temps descendre de la montagne pour combattre ses ennemis qui renaissent de leurs cendres !...

— C'est fini ?

— Oui... Pendant qu'il me racontait l'histoire, j'entendais des cris dans la maison, mais je n'osais rien dire. À la fin, les barbus sont tous sortis. Le vieux s'est levé et m'a dit de ne pas m'inquiéter. Que les corps n'avaient pas d'importance. Seules les âmes comptaient. Puis ils sont partis, en emmenant mes deux grandes sœurs… »

Je n'osais plus respirer.

« Je suis rentrée dans la maison. Toute ma famille était allongée par terre. Mon père, ma mère, mes frères et ma petite sœur, ma tante, mon grand-père et mon cousin. Plus personne ne bougeait. Ils leur avaient fait un grand trou dans la gorge et il y avait du sang partout. Je suis retournée près du four et j'ai attendu que le jour se lève. J'ai mis mes vêtements tout neufs que maman avait préparés, j'ai pris mon cartable et je suis allée attendre la camionnette qui devait nous conduire à l'école du village d'en bas. Mais elle n'est pas venue. Les policiers sont arrivés et ils m'ont emmenée. Voilà, c'est tout. »

Elle avait raconté toute l'histoire d'une voix monocorde, sans la moindre trace d'émotion apparente, comme si elle était morte de l'intérieur. Je sentais l'énorme boule remonter du fond de ma gorge vers mes yeux et faisais des efforts désespérés pour me retenir. Je devais donner l'exemple et me montrer courageuse. J'étais censée la consoler. Mais le barrage céda brutalement, et le chagrin, la colère, le désespoir et l'impuissance accumulés depuis des années me submergèrent. Je m'écroulai, le visage entre les mains, secouée de hoquets, terrassée par tant d'injustice, maudissant Dieu et les hommes jusqu'à la fin des temps.

Samira posa sa main sur ma tête et dit d'une voix douce :

« Il ne faut pas pleurer, madame. Ce n'est qu'un conte ! »

TRAIN-TRAIN

Je revenais de Conflans-Sainte-Honorine, et il était 21 h 30 à ma montre. Quand la police m'interrogera, cet indice aura son importance, je suppose. De prime abord, ce dimanche soir aurait pu être semblable à tous les autres, si mon esprit chevaleresque ne m'avait dicté une conduite absurde. Probablement des restes de romantisme mal digéré.

Le wagon pouvait contenir, au jugé, soixante personnes. Cela représente une foule capable de retourner une situation en sa faveur, si la révolte se conjugue avec l'instinct de légitime défense, quels que soient les adversaires. Hélas, nous n'étions que huit voyageurs, ce qui divisait par dix la probabilité d'échapper à mon destin. Si l'on décompte la jeune fille objet de l'agression, il en restait sept. Moins le vieil ivrogne qui n'arrêtait pas de vomir dans sa casquette et l'aveugle cramponné à la laisse de son chien, restaient cinq voyageurs susceptibles de réagir. Deux avaient le nez collé sur un journal dont ils lisaient obstinément la même page, au point de pouvoir la réciter par cœur jusqu'à la fin de leurs jours.

Un autre regardait fixement par la fenêtre, qui lui renvoyait le reflet de sa lâcheté. Le quatrième s'était enfermé dans les toilettes, probablement victime d'une dysenterie tropicale. Le destin m'a donc pris par les épaules.

Tu vas laisser une jeune fille se faire violer devant tes yeux sans réagir ?

Mais ils sont trois !

Et alors ? Que représentent trois petites frappes minables devant un chevalier des temps modernes ?...

Au moment où l'infirmière, une grande rousse bien en chair, entre dans ma chambre, s'interrompt la bobine de mes souvenirs. Elle me sourit avec douceur en s'approchant, sort de sa poche gauche un flacon de verre, et de la droite une seringue dont elle ôte le capuchon de plastique avec ses dents éclatantes de blancheur. D'un geste précis, elle fiche l'aiguille dans le couvercle en caoutchouc du flacon, tire sur le piston pour remplir le réservoir, puis retire l'aiguille, en fait jaillir quelques gouttes et la plante directement dans le tuyau de la perfusion qui descend le long de mon lit et s'enfonce quelque part dans mon bras.

Pardon, mademoiselle... mais ma bouche reste immobile. J'ouvre grand les yeux, soulève les sourcils, l'air interrogateur, et désigne du menton mes jambes moulées dans le plâtre, ainsi que mes deux bras, logés à la même enseigne, le tout maintenu en place par un système complexe de câbles et de poulies.

« Le docteur va venir vous voir », est sa seule réponse tandis qu'elle sort de la chambre.

L'effet de la morphine – je saurai plus tard qu'on m'en injecte à intervalles réguliers – ne tarde pas se faire sentir. Des millions de fourmis partent à la conquête de mon système nerveux et me procurent une sensation des plus agréables. Je reprends le fil de mes souvenirs pour essayer de comprendre ce qui s'est passé la veille... ou l'avant-veille. Depuis combien de temps suis-je sur ce lit d'hôpital ?...

Tous les dimanches, depuis des années, je rends visite à ma grand-mère, pensionnaire dans un hospice situé près de Conflans-Sainte-Honorine. Au téléphone, celle-ci m'avait parlé plusieurs fois d'un nouveau médicament très prometteur contre l'arthrite.

« Ils cherchent des cobayes pour les essais cliniques, m'avait-elle chanté de sa voix chevrotante, et je me suis portée volontaire ! »

Toutefois, il fallait qu'un de ses proches approuvât le protocole, et j'étais le seul à pouvoir prendre cette responsabilité sans lui faire la morale.

« On m'a mise en garde contre les effets secondaires. Tu te rends compte, mon garçon ! À quatre-vingt-douze ans ! Le seul effet secondaire qui m'attend, c'est la mort ! » plaisanta-t-elle, afin de débarrasser le mot tabou de son effrayante signification.

C'est sa façon à elle de se protéger. À partir d'un certain âge, les vieux n'ont plus peur de mourir, prétend-elle. Ce qui les chagrine, c'est de faire de la peine aux jeunes. Je signai volontiers tous les documents qu'on lui avait remis et restai dîner avec elle.

Puis, nous fîmes une petite promenade digestive dans le parc arboré et bavardâmes longuement, assis sur un banc, dans la tiédeur du soir. Je la quittai vers 20 h 30, et marchai jusqu'à la gare du RER. J'étais heureux pour elle. Il y avait un train pour Paris à... à...

Quand je me réveille, le docteur est à mon chevet, accompagné de ma charmante rouquine.

« Bonjour, monsieur Ramdane ! Comment vous sentez-vous ?

— Je ne me sens pas du tout, réponds-je avec les yeux, en esquissant un sourire qui pèse une tonne.

— N'essayez pas de parler. Vous avez eu la mâchoire brisée. C'est réparé, mais il va falloir attendre quelque temps que tout se ressoude avant de vous en servir. Vous savez que vous êtes arrivé ici en piteux état ? Vos jambes et vos bras étaient fracturés en plusieurs endroits. Pendant un moment, nous avons même craint que vous ne soyez entièrement paralysé. Vous êtes un véritable miraculé. Dans un an, ce ne sera plus qu'un mauvais souvenir. Vous avez eu beaucoup de chance. »

Ah, bon ?

« Je reviendrai vous voir demain. Reposez-vous ! »

Comme si je pouvais faire autre chose !... Pauvre grand-mère. Je ne suis pas près de retourner la voir. Et encore moins de reprendre le train...

J'étais plongé dans ma rêverie lorsque les trois loubards ont fait leur entrée dans le wagon à la gare de Val d'Argenteuil. Deux montagnes de muscles et un petit maigre avec des yeux de chien fou. Le genre de lascars avec lesquels il faut s'attendre à de sérieuses embrouilles.

Les portes à peine refermées, ils ont commencé à donner des coups de pied partout. J'ai regardé discrètement derrière moi, afin de m'assurer qu'une porte me permettait de changer de voiture, en cas de nécessité absolue, et commencé un glissement latéral discret de mes fesses contractées par l'appréhension.

Ces gars-là sont des habitués de ce genre d'agression. Ils savent que le voyage n'est pas très long et qu'il leur faut agir vite. Malheureusement pour elle, et surtout pour moi, une jeune fille était assise toute seule au fond du wagon, contre la fenêtre, plongée dans la lecture d'un recueil de poésies de René Char. Ils fondirent sur leur proie comme des vautours, s'installant sur les trois places libres autour d'elle. L'un d'eux lui arracha le livre des mains et le projeta au loin. Il tomba à mes pieds. La fille tenta de se lever, mais l'un des deux costauds la maintint assise en abattant son énorme poigne sur ses épaules. Face à elle, le petit glissa ses genoux entre les siens, forçant ses jambes, saisit les deux pans de sa robe de coton rouge, boutonnée sur le devant, qu'il commença de faire glisser vers le haut des cuisses. La jeune fille appelait au secours de toutes ses forces. Nous étions tétanisés. Le chien de l'aveugle aboyait et tirait sur sa laisse, malmenant son maître qui tournait la tête dans tous les sens. Le troisième larron se leva et se dirigea vers nous en donnant de grands coups de sa batte de base-ball sur les barres métalliques. Il hurla, nous traitant de lopettes, promettant d'éclater la tête de celui d'entre nous qui aurait l'idée de bouger, puis rejoignit ses acolytes. Le petit tira d'un coup sec sur les pans de la robe. Elle se déchira en deux, dénudant entièrement le corps de la pauvre fille qui hurlait de plus belle. C'est alors que, piqué par je ne sais quelle mouche, je me levai et me dirigeai vers eux.

« Messieurs, leur dis-je, d'une voix théâtrale, connaissez-vous René Char ? »

Les trois voyous me regardèrent sans comprendre.

« Qu'est-ce t'as dit, toi ? me lança l'une des brutes, les mots sortant de ses lèvres crispées comme des lames de rasoir.

— René Char ! Connaissez-vous le grand poète René Char ? »

Stupéfaits, un point d'interrogation gravé sur le front au-dessus de leur regard inexpressif, ils me regardaient avec cet air d'inquiétude innocente qui passe sur le visage des cancres à qui l'on demande de réciter une leçon qu'ils n'ont pas apprise.

« Personne peut-être, mieux que René Char, ce poète inclassable, continuai-je plein d'aplomb, n'a percé le mystère des choses invisibles. Dans l'une de ses investigations, il disait :

> *N'égraine pas le tournesol,*
> *Tes cyprès auraient de la peine,*

> *Chardonneret, reprends ton vol*
> *Et reviens à ton nid de laine.*
>
> *Tu n'es pas un caillou du ciel*
> *Pour que le vent te tienne quitte,*
> *Oiseau rural ; l'arc-en-ciel*
> *S'unifie dans la marguerite.*
>
> *L'homme fusille, cache-toi,*
> *Les herbes de champs qui se plissent... »*

Un silence de mort régnait tout à coup dans le wagon. Les trois vautours marchaient vers moi au ralenti. Un couteau gicla d'une poche, la batte de base-ball se dressa comme un sexe meurtrier. Il ne manquait que l'harmonica d'Ennio Morricone. Je reculai en déclamant d'urgence un autre souffle de René Char.

> *Fruit qui jaillissez du couteau,*
> *Beauté dont saveur est l'écho,*
> *Aurore à gueule de tenailles,*
> *Amants qu'on veut désassembler,*
> *Femme qui portez tablier,*
> *Ongle qui grattez la muraille,*
> *Désertez ! désertez !*

Le premier coup de batte décrivit une brève parabole, m'atteignit en pleine figure et m'envoya directement dans le coma, me dispensant ainsi de sentir les coups suivants. Ah, si ! Je me souviens d'une sensation de froid intense dans le ventre au moment où la lame du poignard traversa mes abdominaux. Rien d'autre.

Pendant que l'infirmière m'injecte la énième dose de morphine, les explications du médecin se promènent comme des petits nuages sonores au-dessus de mes oreilles et se perdent dans les limbes de mon conduit auditif. Juste avant de sombrer dans les latitudes obscures du sommeil, je décide qu'à l'avenir je réviserai ma théorie révolutionnaire, « *La poésie comme sport de combat* », que j'ai mis des années à échafauder.

LE SYNDROME DE LA PAGE 12

Il ne fait pas chaud. Pas froid non plus. Il ne fait pas beau. Pas mauvais non plus.

Il ne fait rien.

Ni tressaillement, ni grelottement, ni frémissement. Pas l'ombre d'un souffle, ni une vibration.

La cigarette se consume toute seule sur le rebord du cendrier en plastique grignoté par la braise des cigarettes qui se consument toutes seules sur les rebords des cendriers en plastique.

Philéas n'a ni faim, ni soif, ni chaud, ni froid.

Il n'a rien.

Derrière sa fenêtre, la belle blonde un peu folle qui habite de l'autre côté de la ruelle étroite a beau tester maintes postures affriolantes, elle n'éveille en lui aucune pulsion primaire.

Il n'a plus d'énergie. Plus même envie d'ouvrir la bouteille de Cutty Sark, posée comme une nature morte au bord du vieux bureau, pour entendre la douce musique du bouchon métallique qui tintinnabule sur le teck, ni le glougloutement du liquide s'étranglant au goulot de la bouteille.

Le bourdonnement sourd du ventilateur et les à-coups bruyants du vieux frigo sont les seuls signes de vie ici-bas.

Tout le reste est silence.

Philéas est au bout du bout du fil qui le relie à l'essence de ce monde. Il a tout tenté. Exploré tous les chemins, envisagé tous les possibles. Visité tous les confins de toutes les frontières. Il est passé avec la souplesse d'un chat et l'expérience d'un commando sous les barbelés électriques qui cernent les frontières de son imagination. En vain.

Double, unique ou interdit, plus rien n'a de sens. Il pourrait rencontrer une danseuse du ventre capable de remuer le nombril à trois mille tours seconde, danser un tango abyssal les reins dans les reins, il ne lèvera pas un cil.

Il a perdu le goût de tout.

Philéas est atteint d'une hémiplégie de l'imagination. Ce qui ne serait qu'une affection bénigne s'il était fonctionnaire. Mais voilà, il est écrivain... Ou plutôt, était... Essayait de l'être, pour être tout à fait exact...

Auteur de romans policiers, précisément, car, depuis sa plus tendre enfance, il s'est abreuvé au biberon de cette littérature.

Philéas habite une banlieue aisée de San Diego avec sa femme. Une grande maison à l'américaine, avec le garage attenant, la petite allée dallée, et la pelouse immaculée.

Ils n'ont pas d'enfants, et ne savent pas trop pourquoi. En fait, ils ne se sont jamais posé la question et n'en ont jamais parlé. De toute façon, ils ne se parlent pas.

Philéas n'a pas eu besoin de travailler pour vivre. La rente que lui a laissée son père, ancien armateur de bateaux de pêche à la baleine, leur suffit amplement.

Philéas avait vite compris que l'écriture est un exercice solitaire. Chez lui, c'était trop difficile, pour ne pas dire impossible. À peine attrapait-il l'extrémité du bout de la queue d'une idée que la voix de sa femme résonnait : « Chéri, on n'a plus de Ketchup ! Tu pourras faire un saut au supermarché, s'il te plaît ? » Rien qui ne ramène plus la condition humaine au niveau zéro que ce simple phonème.

Philéas a exploré toute la ville à la recherche d'un quartier qui ait du caractère. Un vrai quartier populaire à la bonne odeur de pauvreté, traversé par les voix rauques d'anciens marins-pêcheurs qui remplissent les bars de leurs désillusions. Où le cinéma est dans la rue. Où des logeurs adipeux soutirent le loyer à leurs locataires sous la menace d'un Magnum 357. Bref, un quartier plein de vie, où la mort peut surgir derrière chaque montée d'adrénaline.

Un jour enfin, un ancien agent secret reconverti en agent immobilier lui a trouvé un bureau, précisément occupé par un détective, abattu par on ne sait qui pour on ne sait quoi, une dizaine d'années auparavant. Superstitieux, le propriétaire n'avait plus voulu le louer.

Mais il était mort l'an dernier, et sa veuve ne demandait qu'à s'en débarrasser. « Il est fait pour vous. Pas de travaux. Juste un peu de nettoyage. 100 dollars par mois, trois mois d'avance et 500 de caution. Ça fait 800 dollars. En cash, s'il vous plaît. Merci. Signez ici. Tenez ! Vos clés. Pour 20 dollars, la gardienne vous remet tout ça en état de marche… »

L'émotion de Philéas en découvrant la pièce qui allait servir de laboratoire à la fusion nucléo-synthétique de son énergie créatrice est indescriptible. Tout son être fut instantanément anesthésié par un vaste frisson, mi-chaud mi-froid. Il ferma la porte, alluma une cigarette, et jeta sur le décor un regard panoramique, faussement blasé, comme si cet endroit lui appartenait depuis toujours.

Dans les mois qui suivirent, il écuma toutes les brocantes de la région, scruta les ventes aux enchères de tout l'État, se présenta à toutes les annonces de liquidation pour cause de décès. Chaque accessoire, acquis après vérification minutieuse de son authenticité, fut disposé avec recherche, de même que les affiches d'époque, soigneusement punaisées aux murs.

Parallèlement, il analysa Mickey Spillane, retourna de fond en comble l'univers de Raymond Chandler, compta les virgules d'Ed Mac Bain, testa l'humour de Chester Himes, la nonchalance de J. Thompson, le cynisme de James Hadley Chase, les respirations de James Ellroy, découpa en fines tranches l'univers glauque de Dashiell Hammet pour l'étudier sur toutes les coutures. Un point à l'envers, un point à l'endroit.

Il pensait que le décor, les odeurs, l'atmosphère, le trajet quotidien de son domicile au bureau, l'ensemble de ce rituel maniaque le mettrait dans l'ambiance.

Philéas avait des tonnes d'idées lumineuses. Des assassinats originaux, des indices microscopiques, des personnages machiavéliques ; bref, tous les ingrédients pour mijoter des suspenses à vous faire craquer les os de peur.

Au début, tout se passait toujours bien. Un beau meurtre, un cadavre plombé, noyé, strangulé, carbonisé, broyé, des suspects en pagaille, un mobile introuvable... La mayonnaise montait... Et crac ! À la page 12, il trouvait l'assassin ! Il avait beau tirer à la ligne, s'attarder sur les descriptions, faire mariner l'atmosphère, nourrir les ambiances, sauter à cloche-pied sur les ressorts de l'intrigue, poser des pièges de rhétorique, feinter, esquiver, sortir la botte secrète au dernier moment, développer l'intrigue à l'envers. Rien à faire. Page 12, paf !... L'assassin se pointait avec ses gros sabots.

Une fois, il tenta même une expérience inédite. Écrire une belle histoire d'amour toute simple, à mille lieues d'une histoire policière, où il n'y avait ni conflit entre les protagonistes, ni chantage, ni maîtresse, ni amant ; un roman fondé sur la seule sublimation de l'acte d'aimer et d'être aimé.

C'était l'histoire d'un homme et d'une femme qui se rencontraient par l'intermédiaire d'une annonce passée dans un journal spécialisé auquel ils étaient abonnés pour la modique somme de cinq cents dollars par semestre, avec une remise de 10 % toutes les années bissextiles.

Pour donner du piment à leur rencontre, Philéas imagina que le personnage masculin, qui venait de fêter ses cinquante-trois ans, n'avait encore jamais fait l'amour, tandis que la femme avait été déflorée à quarante-deux ans par un chirurgien esthétique qui s'était trompé d'endroit en la prenant à l'envers. Ils décidaient de faire consacrer leur amour dans une petite église de la côte nord-est du Maine battue par les vents, et d'attendre la nuit de Noël pour le sceller physiquement dans un charmant petit chalet de location, ce qui leur laissait un peu de temps, puisqu'ils s'étaient mariés le 28 janvier. Soucieux d'éviter toute intervention extérieure, Philéas avait fait de ses personnages des orphelins sans aucune relation avec le monde. John avait été ramassé par un camionneur dans le fossé d'une route de l'Oklahoma où sa mère, sergent-chef de l'armée américaine, venait de l'abandonner après avoir reçu sa feuille de route pour le Vietnam, dont elle n'était jamais revenue, étant tombée amoureuse d'un proxénète thaïlandais avec qui elle avait ouvert un bordel dans l'un des quartiers les plus huppés de Hué. Martha avait perdu ses parents, grands-parents, frères, sœurs, oncles et cousins dans un accident d'avion causé par un clandestin hindou qui s'était immolé par le feu dans la soute à bagages où il crevait de froid, alors qu'ils allaient tous à Chicago assister à l'enterrement d'un ancien ministre des Finances avec lequel ils correspondaient depuis près d'un demi-siècle, sous prétexte que deux de leurs aïeuls respectifs avaient été associés dans une affaire de vente de hot-dogs sur un trottoir de la 56e rue, entre mars et avril 1902. Martha avait été privée du voyage car elle venait d'attraper les oreillons.

Sur la base d'une trame aussi solide, Philéas s'était mis à l'ouvrage, plein d'entrain. Les premières pages défilaient avec une facilité déconcertante. Comme s'il s'agissait de sa propre biographie, il décrivait avec maints détails croustillants, les traits les plus subtils et les pensées les plus secrètes de ce couple si dissemblable mais que la grâce de son talent allait unir pour le meilleur et pour le... meilleur. Tout se passait à merveille. Le fluide de l'inspiration irriguait les veines de la poésie et réchauffait les muscles de la syntaxe.

Philéas parvint à la page 10...

Martha et John venaient de finir une bouteille de schnaps. Le feu de cheminée donnait à l'atmosphère une douce indolence. Après avoir repris du chou-fleur, nappé d'une sauce au raifort, John tendit la main pour prendre le tire-bouchon en vue d'ouvrir une autre bouteille. Au passage, il effleura le bras de Martha qui se resservait des brocolis. Ils eurent un frisson simultané et comprirent que le moment était venu de...

Le trac envahit l'écrivain. Ses intestins se nouaient. Il tremblait tellement que ses doigts rataient les lettres. Quand il visait le « O » il touchait le « K ». Quand il appuyait sur la touche des majuscules, le chariot revenait comme une flèche à son point de départ. Il sortit en courant, dévala les trois étages comme un fou, s'engouffra dans le bar qui formait l'angle du pâté de maisons d'en face, et descendit trois bourbons d'affilée. Le vieux juke-box crachotait un infâme boogie. Ses mains tremblaient, et la sueur coulait en minuscules rigoles le long de son dos. Le barman, un Arménien dont les clients pariaient qu'il était le frère jumeau d'Akim Tamirof, lui dit :

« Y a quèqu'chose qui tourne pas rond, m'sieur Robert ?... »

Philéas eut un geste las de dénégation, indiquant par la même occasion qu'il voulait un autre bourbon.

« Non, non... Ça va, merci. »

Une Lucky Strike pour mettre du baume sur ses nerfs et donner du sens aux doigts qui tremblotaient ; un autre bourbon – faut pas se gêner, ça ne peut faire que du bien – et à l'attaque. Il posa une petite pile de billets d'un dollar sur le comptoir, remercia, respira un bon coup, et reprit le chemin du bureau.

Il ouvrit la porte. Le cœur de la Remington palpitait. Philéas relut les dix pages pour se donner de l'élan et absorber l'énergie nécessaire afin de se propulser au-dessus de l'abîme. Arrivé à la page 11, il se concentra pour mettre toute appréhension à la marge. La Remington crépitait au rythme soutenu des idées. Parvenu au milieu, une Lucky, une lampée de whisky au goulot... et au boulot, Sisyphe !

L'ombre des flammes dansait la sarabande comme un ballet de fantômes sur le corps nu de Martha. Un hibou hulula. Le vent glacial léchait les fenêtres, mais ne pouvait s'introduire dans l'antre de leur amour. Sur le pick-up, une symphonie – « numéro je ne sais plus combien de je ne sais plus qui, je regarderai tout à l'heure dans le dictionnaire » *– accompagnait la montée du désir de John...*

Arrivé au bas et au bout de la page, la sonnette du chariot retentit une dernière fois. Philéas tourna la molette du cylindre, sortit la feuille et engagea la suivante dans le même mouvement, sans prendre le temps de réfléchir. La page 12 était enclenchée.

« Allons-y ! »

La machine crachait un feu nourri de belles lettres. Les syllabes se bousculaient. L'histoire d'amour prenait son envol et atteignait le firmament de la jouissance poétique. Les lignes fusaient à la vitesse d'un cheval au galop.

Martha hurla la force de son désir, tout en remarquant qu'au-dessus du lit, les poutres du plafond étaient disposées en une curieuse asymétrie. Elle compta vingt-quatre poutres en se disant qu'elle mettrait ce chiffre dans son prochain loto.

Philéas reprit son souffle. Il jubilait ; c'était le nirvana de la création. Nouer et dénouer les choses. Tirer les fils de destins qui, il y a quelques heures à peine, n'avaient pas d'existence.

Les corps des deux amants s'emboîtaient comme les éléments d'un meuble suédois acheté en kit. Malgré la notice, ou grâce à elle, ils s'apercevaient parfois que l'un ou l'autre des éléments était vissé à l'envers. Alors, comme deux artisans consciencieux, ils recommençaient le montage en remettant chaque chose à sa place logique. John dut s'y reprendre à trois fois avant d'être satisfait, pour le plus grand plaisir de Martha, qui était ravie de voir son bricoleur de mari mettre autant de cœur à l'ouvrage, tout en surveillant d'un œil la grande horloge dont elle avait une vision panoramique. Minuit allait bientôt sonner. Il ne fallait surtout pas manquer la messe à la radio, pensa-t-elle, au moment où John décidait d'ajuster le meuble une fois de plus.

Plus que quelques lignes avant d'arriver à l'extrémité de la page fatidique... Soudain, un personnage étrange, essoufflé, ébouriffé, le costume en lambeaux, se fraya un chemin entre les mots, enjamba la ponctuation et s'immisça dans l'histoire, exactement là où il le fallait, sans détonner. Comme un caméléon qui aurait épousé toutes les couleurs successives du récit. Tout à son euphorie, Philéas ne se rendit pas compte que son histoire était en train de subir un détournement en règle.

« C'est moi l'assassin ! »

58

Les doigts de Philéas faisaient des claquettes sur les touches de la Remington au rythme de sa pensée.

« *Hé ! Vous êtes sourd ou quoi ?... J'ai dit : C'est moi l'assassin !*

— Quel assassin ? tapèrent les doigts.

— L'assassin ! Le meurtrier, quoi ! J'ai couru comme un fou pour vous l'avouer. J'ai fait trop de cauchemars... C'est insupportable !... Insoutenable ! Je n'en peux plus...

— Mais... Il n'y a pas eu de meurtre dans cette histoire. Il ne peut pas y avoir de meurtrier... C'est une histoire d'amour !... Vous êtes un intrus ! Sortez tout de suite de la page ! écrivit Phil sans même réfléchir.

— Qui vous dit que j'ai tué dans cette histoire ? J'ai assassiné quelqu'un dans un autre roman que vous avez commencé et abandonné. Vous m'avez laissé en plan... Arrêt sur image, juste au moment où j'allais m'enfuir parce que le lieutenant de police venait de me confondre dans le précédent paragraphe. Vous m'avez coupé le souffle. Trois points de suspension, et puis plus rien. Le néant... »

Fou de rage, Philéas souleva la machine à écrire et l'envoya de toutes ses forces sur la porte vitrée, qui explosa en huit cent quatre-vingt-quatre morceaux. Le doute était définitivement installé en lui. Il décida alors de faire éclater la bulle de sa vie. « Puisque je n'arrive pas à écrire normalement, je vais vivre. Vivre pour contourner les difficultés de l'écriture. Je vais écrire mes émotions avec mon corps, mes nerfs et mon esprit sur les pages de la réalité. » Et comme la seule réalité qu'il connaissait, celle à laquelle il s'identifiait depuis toujours, c'était l'univers policier et son jargon magique – *Privé... District attorney... Coroner... Morgue... Indices... Soupçons... Planque... Suspect... Filature... Coupable... Empreintes digitales... Bourbon... Lucky...* – Philéas suivit un stage de quelques mois en techniques de recherche et investigation.

Il n'avait pas du tout l'intention d'être un vrai détective. Il voulait simplement s'inventer une vie à partir de l'imaginaire, afin de nourrir son écriture d'une autre vision. C'était aussi simple que ça. Et aussi compliqué.

Avant tout, il devait trouver un nom. Très important, la sonorité du nom. Il fallait qu'il s'imprime d'emblée dans la tête des gens. Robert Woodrow Horatius Lancaster, son véritable patronyme, ferait capoter n'importe quelle affaire. Les gens sérieux penseraient qu'il s'était échappé d'un roman de Dickens, les autres s'écrouleraient de rire.

C'est au cours d'une visite dans l'une de ces brocantes qu'il continuait de fréquenter pour parfaire la décoration de son univers parallèle que son second baptême eut lieu. En toute intimité.

Il venait de dénicher une vieille édition aux reliures élimées de Jules Verne. Une demi-douzaine de volumes jaunis, attachés avec de la grosse ficelle marine, qui gisaient au fond d'une caisse en bois, sous une montagne d'épaisses revues de la fin du XIXᵉ siècle. Celui qui était encore R. W. H. Lancaster pendant quelques instants exhuma le trésor poussiéreux, défit les nœuds et, au moment précis où il ouvrait le premier volume au hasard, le nom de Philéas Fogg lui sauta au visage. *Le Tour du monde en quatre-vingts jours* ! LE livre parmi les livres ! Celui qui avait dynamité son enfance ! Philéas ! C'est beau, c'est fort et ça vient de loin. Adjugé ! Philéas, l'as de la filature ! Après avoir jeté pêle-mêle, à l'arrière de sa décapotable, les quelques bricoles qu'il avait acquises en même temps, il repartit en chantant à tue-tête : « Philéas... Philé... Philé... Philé... Philééééaaaaas ! ! ! »

À présent, il lui fallait voir et revoir les films de Bogart afin d'imprimer dans son subconscient les attitudes, les regards, le timbre de voix, le port du costume et la respiration du maître. *Le Faucon maltais... Casablanca... Le Grand Sommeil...*

Dès le lendemain, il fit venir un artisan-graphiste qui inscrivit sur la vitre toute neuve de la porte, en belles lettres noires régulières : « Philéas. Détective privé. » Et ce fut soudain comme si chaque accessoire, chargé de sa symbolique propre, avait enfin trouvé sa place idéale. Il n'était plus question de folklore, ni de reconstitution, mais de transposition. La rencontre parfaite de la géographie et de l'histoire. Tout, désormais, avait pris son sens.

Chaque objet était un repère de la mémoire. Pas la mémoire des événements, ni des anecdotes, mais celle des essences et des émotions. Comme des petits morceaux de fromage alléchants destinés à piéger les souris de l'inspiration. Le rituel pouvait commencer.

Le matin, prendre un café vite fait à la maison, et partir avant le réveil de sa femme. Puis, aller boire un autre café au « Joe's Bar », chez Nikos. Lire le journal tranquillement. Là, sélectionner parmi tous les faits divers LE meurtre du jour. Pas le petit meurtre impulsif et vulgaire provoqué par la colère, la passion ou la jalousie, mais le crime soigneusement mûri, pesé, mitonné, celui du dernier recours, qu'on ne commet qu'après avoir tout tenté pour sauver sa dignité.

En fait, ce qui intéressait Philéas, ce n'était pas le meurtre lui-même, mais l'ensemble du processus qui y conduit. Tout ce qui est en amont. Depuis la naissance de l'idée. Et le plus palpitant, c'était de retrouver les traces du cheminement de cette idée, ainsi que le formidable investissement intellectuel destiné à les brouiller. Après avoir repris deux fois du café – chez Nikos, pour vingt-cinq cents, le café est à volonté –

sauter dans la Plymouth, et tenter de démanteler les mécanismes dudit meurtre en roulant le long de l'océan. C'était un bon exercice. Du stretching mental, en quelque sorte. Comme les mots croisés. Rien de tel pour se mettre les neurones en feu avant de commencer une dure journée de labeur. Arrivé à Little Creek, la banlieue où se trouve le bureau, se garer en bas de l'immeuble, toujours à la même place, juste devant la blanchisserie chinoise, passer chez Tamirof prendre un café et bavarder.

Ensuite, faire un petit tour en ville pour repérer des personnages, des ambiances, écouter les dernières histoires qui traînent, noter les horaires et les habitudes de chacun, les mouvements climatiques du jour, intégrer dans le récit en gestation toutes les personnes intéressantes rencontrées en chemin. S'entraîner à leur trouver une place adéquate dans le moteur de l'intrigue.

En entrant dans le bureau, Philéas accrochait son chapeau au portemanteau – au début, il le lançait à la volée, mais renonça après avoir constaté que le taux de réussite n'était que de deux à trois pour cent – tirait la ficelle pour remonter légèrement le rideau à lamelles métalliques, et laissait son regard errer quelques minutes sur la fenêtre derrière laquelle une blonde affriolante, à peine couverte d'une nuisette incandescente, s'épilait les jambes ou se vernissait les ongles des pieds, selon les jours. Il refermait le rideau pour freiner le fluide du désir qui réchauffait ses veines, et commencer son enquête en toute sérénité. À partir du synopsis de son roman, il se déplaçait dans les lieux décrits et, inversement, enrichissait ses descriptions en visitant les lieux. Après avoir découvert le cadavre virtuel, qui n'existait que dans son idée, il recherchait, parmi les habitants de la ville, dûment répertoriés, les coupables potentiels. Une fois repérés ceux qui avaient des raisons tangibles d'être concernés, directement ou indirectement, par l'affaire, il les prenait en filature avec toute la discrétion requise, enquêtait à l'état civil, établissait des fiches très pointues sur leur vie privée, leurs fréquentations, officielles ou secrètes, leur marque de bière préférée, leurs liens possibles avec la victime, et se permettait parfois l'audace de les arrêter en pleine rue.

« Où étiez-vous, dans la nuit du vendredi 5 au samedi 6, entre une heure trente et trois heures du matin ? »

Interloqués, mais impressionnés par son assurance, ils répondaient en bafouillant tout le monde a toujours quelque chose à cacher. Philéas le savait, et les gens de Little Creek savaient aussi, ou plutôt croyaient savoir, que Philéas était détective.

Un jour, il se rendit à la morgue du district et, la tête légèrement penchée de côté, s'adressa au médecin légiste, en faisant glisser son regard par-dessous le bord rabattu du chapeau mou qui lui cachait la moitié du visage. « On vous a livré un macchabée avant-hier. Ce cadavre m'intéresse. J'aimerais l'examiner de près. Et jeter un coup d'œil sur vos conclusions. Je suis sûr que la Justice appréciera grandement votre coopération. » Le médecin obtempéra, comme guidé par une force supérieure, le dieu Cinéma, qui impose ses stéréotypes aux humains.

Après plusieurs mois de cette autre vie, durant laquelle il avait aiguisé ses sens, analysé chacune des activités humaines sous différents angles, bu des litres de bourbon et des hectolitres de café, fumé des cartons de Lucky, échangé des plaisanteries à cinq cents la chute, travaillé devant son miroir douze attitudes et cinq mouvements félins de Bogie, Philéas sentit que le moment était enfin venu. Il s'assit devant la Remington, ôta sa housse avec précaution, caressa les touches du bout des doigts, engagea une feuille à l'arrière du cylindre qu'il fit tourner avec lenteur, s'assura qu'elle était parfaitement d'équerre, et inspira profondément.

Il était prêt à se mettre au service exclusif de la fiction, prêt à y injecter toute sa science et son expérience.

Une chaleur lourde plombait l'atmosphère humide de la baie du Pélican, réputée dans toute la Californie pour son microclimat. Phil s'assoupissait sur le vieux canapé qu'il avait rapproché de la fenêtre, la porte palière ouverte en grand pour créer un semblant de courant d'air. Peine perdue. Au bout de quelques minutes, on ne sentait plus la différence. Phil évitait de bouger, ne serait-ce qu'un doigt, pour oublier la moiteur qui enveloppait son corps. Le sommeil était l'échappatoire idéale à la torpeur ambiante. Ses paupières retombaient lourdement. La sonnerie du vieux téléphone massif en bakélite, couleur noir corbeau, avec son cadran en fer-blanc brillant, déchira le silence. Phil faillit suffoquer en remontant du gouffre dans lequel l'avait plongé sa somnolence. Il se leva d'un bond et courut vers l'appareil pour éviter que la seconde sonnerie ne lui donne le coup de grâce. Au passage, il ramassa instinctivement le napperon en dentelle qui ornait la tête d'un fauteuil et décrocha, tout en essuyant la sueur qui inondait son cou en feu.

« Allô ?... »

Une voix rauque lui répondit :

« Pourrais-je parler à Phil, s'il vous plaît ?

— C'est à quel sujet ?

— C'est pour l'engager... Pour une enquête... Il n'est pas là ?...

— C'est moi-même.

— Vous êtes bien Phil ?

— Oui, parlez sans crainte.

— J'ai entendu dire que vous étiez le détective privé le plus futé et le plus iconoclaste de toute la côte Ouest. »

Phil toussota, flatté et gêné à la fois :

« Heu... On dit ça, oui...

— Je voudrais vous confier une enquête extrêmement délicate que vous êtes le seul à pouvoir résoudre. Vous aurez du pain sur la planche, mais votre prix sera le mien... »

Phil tendit la main vers le bureau pour attraper le paquet de Lucky Strike, le tapota sur le bord du guéridon où trônait le téléphone pour en faire descendre une, et la coinça entre ses lèvres.

« De quoi s'agit-il, au juste ?

— Je voudrais que vous trouviez mon meurtrier. »

Phil, qui s'apprêtait à gratter une allumette sur le bord du guéridon, resta la main en l'air.

« Votre quoi ?

— Mon meurtrier. L'homme qui m'a assassiné. »

Phil alluma sa cigarette, en tira une profonde bouffée et rejeta des petits ronds de fumée, l'air pensif.

« On ne peut pas parler d'une affaire pareille au téléphone... Il faudrait passer à mon bureau... Demain, matin, dix heures. Ça vous va ? »

La voix parut agacée.

« Mais je ne peux pas passer...

— Alors, demain après-midi ?

— Vous ne m'avez pas écouté ? Je ne peux pas passer puisque je suis mort. Je vous dis que j'ai été assassiné ! »

Phil se pinça les lèvres.

« Ah, oui, c'est vrai, j'avais oublié. Voilà qui est bien ennuyeux. Comment allons-nous faire ?

— Vous pouvez venir, vous. »

Phil s'essuya le front avec le napperon.

« Pas de problème. C'est mon job. Vous savez que les frais sont en sus, hein ?... Où dois-je me rendre ?

— Ben... Au cimetière ! »

Phil chercha des yeux son cendrier. Trop tard. La cendre venait de se répandre sur le tapis. La concierge allait encore râler.

« *Quel cimetière ?*

— *Red Hill.* »

Phil ouvrit son carnet à spirale, et fit glisser le stylo qui était à l'intérieur.

« *Red Hill ? Bon sang ! C'est pas la porte à côté. Il y a au moins cinquante miles ! Vous auriez pu trouver quelqu'un plus près... Bon, donnez-moi l'adresse exacte...*

— *Vous avez de quoi noter ?*

— *Évidemment.*

— *Vous prenez la rocade sud jusqu'à Bird's Park ; au second feu vous tournez à droite ; deux miles et demi plus loin sur la colline, il y a un petit bois ; traversez la piste ; vous tomberez sur une petite clairière ; il y a une stèle avec le buste de Roosevelt ; suivez son regard. Le cimetière est en face.*

— *Y a un gardien ?*

— *Non, c'est un cimetière très modeste.*

— *Oui, bon, c'est Red Hill... On se retrouve devant la grille à quinze heures ?*

— *Je ne peux pas, voyons... Venez directement chez moi.*

— *C'est où ?*

— *Au fond du cimetière, avant-dernière allée, deuxième tombe sur votre gauche. Mon nom est inscrit dessus : Ci gît James Fuller... Ça veut dire que je gîte là.* »

Phil griffonna un plan sommaire.

« *C'est noté... Y a un code d'accès, ou une sonnette ?* »

Son interlocuteur éleva la voix.

« *Je viens de vous dire que c'est une tombe !*

— *C'est vrai. Suis-je bête !*

— *Je vous attends dans le caveau. Venez le plus vite possible.* »

Phil raccrocha et alla prendre une bière dans le frigo. Il la décapsula et la fit basculer directement dans son gosier. Un plaisir glacé l'envahit. Il se pencha vers le gros chat qui dormait sur le prie-dieu.

« En voilà une affaire, Goliath », dit-il en lui caressant la nuque...

« Merde ! Merde ! Merde ! »

Philéas se jeta sur la machine à écrire, arracha la feuille de papier, la roula en boule et la piétina sauvagement.

« Aaaah ! ! !... Mais qu'est-ce qui m'arrive, bon Dieu ?... C'est n'importe quoi ! Et je me laisse avoir comme un débutant ! Non, mais... "Mon meurtrier... Mon cimetière... Ma tombe..." On aura tout vu... Et moi, Philéas, comme un con, je crois, j'écris, et je tombe dans le panneau !... Attends un peu !... »

Il ramassa la boule de papier, la déplia, l'étala sur le bureau, prit la bouteille de Cutty Sark et la passa dessus plusieurs fois, à la manière d'un rouleau à pâtisserie. Dès qu'elle fut à peu près défroissée, il la remit dans la Remington et la recala juste après le mot « nuque ». Il but une bonne rasade de bourbon et reprit le fil de son histoire.

Phil cligna des yeux pour imiter son chat et dit à ce dernier :

« Ce plaisantin de soi-disant James Fuller croit m'avoir... Ah ! Ah ! ah ! Un cimetière. Non, mais... Attends, mon Goliath. À malin, malin et demi. Rira bien vendredi qui rira le dernier... »

Il décrocha le combiné et appela le standard de la compagnie du téléphone :

« Bonjour, mademoiselle... Excusez-moi de vous déranger, mais voilà... Mon père est commis voyageur. Il m'a appelé il y a quelques minutes... Je crois qu'il était en train de faire un infarctus... Nous avons été coupés... Il a dû s'évanouir... Est-ce que vous pourriez

me retrouver son numéro d'appel... Oh, merci... Vous êtes formidable... Mon numéro à moi ?... Heu... 594 216... Oui, je raccroche... »

Il lança un clin d'œil à Goliath et alla reprendre une autre bière glacée. C'était trop bon.

Le téléphone ne tarda pas à sonner.

« Allô !

— C'est la compagnie de téléphone, m'sieur. Vous m'aviez demandé le numéro de vot' papa...

— Et alors ? » s'impatienta Phil.

La voix de la standardiste était hésitante.

« Et bien... Vous avez dit qu'il devait être malade... Je crois que c'est pas une chouette nouvelle que je vais vous annoncer... »

Phil s'énerva, mais sans que sa voix le trahît.

« Oui, oui... Allez-y...

— C'est-à-dire que... L'appel provenait du cimetière de Red Hill... »

Un frisson cingla l'épine dorsale de Phil, de la boîte crânienne jusqu'au trognon du coccyx.

« Vous pouvez me donner le numéro ?...

— 694 378... Je suis vraiment désolée...

— Vous n'y êtes pour rien... Merci de votre aide. »

Phil raccrocha. Il hésita un instant entre une autre bière et le Cutty, puis opta pour la bière. Toujours examiner les éléments froidement... Probablement un plaisantin qui avait appelé depuis la maison du gardien du cimetière. Mais qui ?... Il ne connaissait personne à Little Creek capable de faire cinquante miles pour un canular aussi absurde. Il décrocha et composa le numéro. À la première sonnerie, une voix féminine d'un certain âge répondit d'un ton revêche.

« Cimetière de Red Hill, j'écoute. »

Les orteils moites de Philéas se contractèrent à l'intérieur de ses mocassins en fusion.

« Heu... Je voudrais parler à James Fuller.

— Vous avez son numéro de poste ?

— Non ! Je ne l'ai pas... Mais... attendez... »

68

Il saisit son carnet à spirale.

« *C'est au fond du cimetière, avant-dernière allée, deuxième tombe à gauche !*

— *Et bien, quand vous y serez, demandez-lui donc son numéro de poste !* »

« Et merde !... »

Philéas ôta la feuille de la Remington, mais en douceur, cette fois. Il en fit une cocotte qu'il posa devant lui avec un profond soupir.

« On n'en sort pas... Pourtant, j'ai bien commencé... C'est à partir du coup de fil que ça dérape. On reprend... »

Il prit une feuille neuve et retapa le début jusqu'au premier « *Allô !...* »

Une voix grave lui répondit.

« *Je suis bien au bureau de monsieur Phil, détective privé ?*

— *C'est à quel sujet ?*

— *Ne quittez pas, le Président veut vous parler.* »

La gorgée de bière que Phil venait d'engloutir tomba comme un glaçon au fin fond du canyon de son ventre. Il eut l'impression d'entendre le « *Plouf !* » *de la chute.*

« *Le pré... quoi ? Le pré... qui ?* »

La voix se fit ironique.

« *Le Président des États-Unis d'Amérique. Votre Président ! Vous êtes citoyen américain, non ?*

— *Oui, bien sûr.*

— *Et alors ? Le Président, élu au suffrage universel par la plus grande démocratie que l'univers ait jamais connue, a bien le droit et la liberté de vouloir parler à l'un de ses concitoyens. Vous n'y voyez pas d'inconvénient, j'espère. Vous n'êtes pas un de ces salopards de communiste, n'est-ce pas ? En tout cas, ça n'apparaît pas dans votre dossier et je fais entièrement confiance à nos services de renseignement.*

— *Et... Vous êtes... ?*

— Son chef de cabinet… Mais on ne va pas le faire attendre. Je vous le passe. Good bye ! »

Phil expulsa le peu d'air qui lui restait dans les poumons, ouvrant la bouche en une grimace qui faillit lui déchirer tous les zygomatiques du visage. La voix tonitruante du Président résonna dans l'écouteur.

« Alors, mon garçon ! On cache son génie dans l'anonymat ?… Remarquez, comme le dit l'adage populaire, pour vivre heureux vivons caché… Et où peut-on mieux se cacher pour savourer son bonheur que sur notre bonne vieille côte Ouest ?… Mais trêve de bavardage, vous êtes mieux placé que moi pour la rhétorique… C'est votre métier… Entrons dans le vif du sujet… Vous êtes la fierté de ce pays. Et c'est un euphémisme, comme vous diriez dans votre jargon. Vous êtes plus que ça… Le qualificatif reste à inventer. Le concours est ouvert. Sans exagérer, toute l'Amérique ne parle que de vous. Votre dernier succès est tombé entre nos mains. Nous adorons, mon épouse et moi. Et Dieu sait qu'elle est difficile. Sachez que nous partageons cette haute opinion de vous avec la reine d'Angleterre, les princes de Monaco, père et fils, ainsi que cinq ou six présidents, dont un dictateur éclairé. Bref, tout le monde adore. Vous êtes devenu un monument et je voudrais que l'Amérique et le monde entier sachent que le président des États-Unis d'Amérique sait reconnaître et honorer les meilleurs de ses enfants. Je vous invite donc à la Maison Blanche afin de vous remettre la plus haute distinction de l'État pour services inestimables rendus à la Nation. Vous serez nommé meilleur écrivain de la seconde moitié du XXe siècle. »

Abasourdi Phil réussit à bredouiller :

« Mais… M'sieur le Pré… M'sieur le Président… Vous me voyez honoré et confit… Non, pas confit, confus… Il doit y avoir erreur sur la personne. »

La voix claqua comme un coup de feu.

« *Comment ça ?... Le Président des... etc. ne commet pas d'erreur !*

— *Ce n'est pas ce que je voulais dire, M'sieur le Président...*

— *Qu'est-ce que vous voulez dire alors, mister Phil ?*

— *Je ne suis pas écrivain... Je suis détective privé... Je mène des enquêtes. Vous voyez...*

— *Je sais ce que fait un détective privé... Je ne m'adresse pas à Phil le détective. Je parle à l'écrivain. Vous, là, qui êtes assis devant votre Remington... Je parle à Robert Woodrow Horatius Lancaster, alias Philéas... Oui, vous ! Attendez ! Je vous ordonne de continuer à tap...* »

Philéas s'arrêta net et arracha la feuille.

« Ah, non !... Ça, ce n'est pas moi. Ce n'est pas moi qui viens d'écrire ça ! Il s'agit sûrement d'un autre écrivain qui écrit un autre roman dans un autre bureau... Ou alors je suis complètement dingue, à enfermer d'urgence. À moins d'avoir le cerveau colonisé par d'infimes extraterrestres spécialistes du glissement sémantique qui manipulent mon imagination ! »

Afin de vérifier qu'il n'était pas entré dans une quatrième dimension, mais simplement victime d'une incapacité congénitale à se concentrer sur une idée et la mener jusqu'au bout, Philéas décida une troisième tentative en gardant les yeux de tous ses sens grands ouverts. Il but une gorgée de Cutty, pour la ponctuation intérieure, engagea une nouvelle feuille, et retapa le début...

« *Allô !... Aaaalllô !... Y a quelqu'un ? Qui est à l'appareil ?...*

— *Je suis l'assassin de la page 12 !*

— *Quoi ?*

— Je suis l'assassin…

— Oui, oui, j'ai bien lu ! Vous êtes en avance ! C'est la page 7, là ! Foutez le camp ! Et puis c'est fini, vous ne devez plus être là. Je suis entraîné maintenant. Vous ne m'aurez plus.

— Eh bien, je suis obligé de ruser, moi aussi. Vous croyez vous débarrasser de moi comme ça ?

— Espèce de salaud, je t'aurai ! J'inventerai des ruses diaboliques pour te piéger. Je mettrai des centaines de flics à tes trousses. J'ai le pouvoir. Il suffit que j'appuie là, là et là… Et tu auras trois cents tireurs d'élite prêts à te transformer en passoire. Je te ferai passer sur la chaise électrique. Je te brancherai sur deux cent mille volts !…

— M'en fous. Je ressusciterai.

— Mais qu'est-ce que je t'ai fait ? Laisse-moi écrire, au moins une fois, un roman jusqu'au bout. Tu auras 250 pages pour donner libre cours à tes perversions. Je ne te ferai arrêter qu'à la fin. Je t'en supplie, sois compréhensif. Tu détruis ma vie…

— Ah, vous me faites pitié, tiens ! À cause de vous, je suis un assassin merdique, sans épaisseur, sans envergure. Je suis petit, moche, j'ai des poils dans les oreilles. J'aurais pu tomber entre des mains talentueuses, mais non ! Le plus à plaindre, dans toute cette histoire c'est moi. Écrivain minable !

— Minable toi-même ! »

L'imagination de Philéas cessa de fonctionner. Incapable d'aller plus loin, il décida de remettre la suite au lendemain. Il avait étouffé les idées, étranglé les mots. Ils n'avaient plus d'aisance, ni de liberté. L'imagination est rétive à l'autorité. Les mots rentrent dans leur coquille dès qu'ils se sentent observés. Ce n'est plus de l'écriture, C'est du procès-verbal, du constat d'idées.

Pris d'une immense lassitude, il quitta son bureau et décida d'aller chez Tamirof manger une pizza d'un mètre de diamètre, avec des dizaines de poivrons, des kilos de fromage, et se saouler au raki jusqu'à plus soif, jusqu'à confondre un canard et une otarie. Pour oublier. Se libérer la tête. Parce que c'est le seul remède efficace quand on est triste. Rentrer dans la voiture en chantant à tue-tête, hurler des conneries au pare-brise et taper sur le volant comme un forcené.

Philéas était un homme de parole. Il suivit son programme à la lettre. Méthodiquement. Consciencieusement.

En rentrant chez lui, vers quatre heures du matin, il se heurta à des meubles qu'il ne connaissait pas, comme si sa femme les avait déplacés exprès pour le piéger. Il déjoua tous les obstacles en silence et réussit même à se brosser le nez, le menton et la cravate avec un tube de cirage dans la penderie de l'entrée. Il se déshabilla, entra dans la chambre, souleva doucement les couvertures, allongea avec soin son costume dans le lit, le borda et s'allongea sur le tapis. Il eut du mal à s'endormir, parce que le costume ronflait comme le moteur de sa Plymouth sur la corniche.

Presque aussitôt, il eut l'impression d'être réveillé par le bruit d'une sirène de police, et des hurlements dans la rue. Il crut vaguement comprendre qu'on avait découvert un homme complètement nu, endormi par terre dans la chambre d'une veuve de fraîche date, deux maisons à côté de la sienne. Dans sa semi-inconscience, Philéas se dit que le gars en question devait tenir une sacrée cuite.

Il passa toute la matinée au commissariat, à nier avec acharnement être la personne incriminée, malgré le rapport du sergent O'Hara qui l'avait appréhendé. Il prétendit qu'on le confondait peut-être avec le détective Philéas auquel il ressemblait. Quand, après vérification, on découvrit que le détective Philéas n'avait jamais existé, le policier qui menait l'enquête conclut que Robert W. H. Lancaster était soit un très bon comédien, soit un dangereux psychopathe, et se promit de le surveiller de près. Sa femme vint payer la caution et le ramena chez eux. À la maison, il s'endormit brutalement, bercé par la voix de madame qui le traita pendant des heures de tous les noms latins d'insectes et d'espèces animales répertoriés à ce jour sur l'ensemble de la planète.

Lorsqu'il rouvrit les yeux, deux jours plus tard, Philéas se souvint de la Remington et frissonna. Il s'habilla et omit de se raser. Sa femme refusa de faire cuire les six œufs au bacon qu'il avait demandés, et lui mit sous les yeux un petit mot dans lequel elle exposait sa décision de ne plus lui parler pendant soixante-quinze jours – ce qui ne changeait pas grand-chose – ni de cuisiner, ni de laver son linge, ce qui impliquait bien sûr qu'elle ne le repasserait pas non plus, et question sexe, c'était le moment de se refamiliariser avec sa main droite !

Philéas se rendit au « Joe's Bar », commanda une omelette de douze œufs avec des saucisses, l'avala en deux temps trois mouvements, noyant le tout sous cinq litres de café. Il ne lut pas les journaux et refusa de répondre au vieux Nikos qui lui demandait le pourquoi de sa barbe naissante. Puis il s'affala dans sa voiture, direction Little Creek, à plus de 70 miles à l'heure. Ses quelques cheveux malmenés par le vent lui rappelèrent qu'il avait oublié son chapeau. Il gara la Plymouth n'importe comment, sous le nez du blanchisseur chinois qui en plissa les yeux d'étonnement, monta l'escalier jusqu'au second étage, où son cœur se mit à cogner comme un oiseau fou dans sa cage, et s'arrêta sur le palier pour reprendre sa respiration. Derrière la porte, la Remington attendait.

Pris de panique, il redescendit les marches en souf-flant comme un bison, courut chez Tamirof, com-manda un double raki en urgence, avala d'un trait le liquide grec qui lui réchauffa la tuyauterie, et dit enfin bonjour. Après avoir fumé une « Lucky – ça-fait-du-bien », il décida de continuer le programme « pizza géante et raki à volonté » pendant les jours et les nuits à venir. Les airs nostalgiques et langoureux des *rebetiko* émanant du juke-box mural l'aidaient à relativiser son propre désenchantement. De temps en temps, il collait son front contre la vitre et jetait un coup d'œil inquiet à la fenêtre de son bureau. Vers quatre heures de l'après-midi, sévèrement éméché, il se leva, laissa une pile de billets verts sur le comptoir, et tituba vers la sortie, renversant au passage une table et deux clients qui protestèrent mollement, pour la forme.

« Y a quèqu' chose qui tourne pas rond, monsieur Philéas ? lui lança Tamirof.

— Non, non, ça va aller… Merci !… » répondit Philéas, en mettant un coup de tête dans la porte vitrée, dont il aurait pourtant juré, main sur la Bible, qu'elle était ouverte.

Il visa le trottoir d'en face avec l'extrémité de son index, l'entrée de son immeuble avec le bout de son nez, la serrure de son bureau avec la clef et l'ouvrit. Il vit sa bouteille de bourbon et la but, tout en balan-çant ses quatre vérités à la Remington qui le narguait mais n'osait rien répondre.

Après avoir fumé trois cigarettes allumées par le filtre, il se décida à attaquer.

« Allô !… Qui est à l'appareil ? »
Une voix caverneuse et incertaine, ponctuée d'étran-ges râles évoquant le souffle d'un asthmatique en fin de carrière, répondit :
« Détect… »
Phil s'énerva.

« *Oui, c'est moi ! Phil, détective ! Qui êtes-vous ? Déclinez vos nom, prénom, profession, date et lieu de naissance... Oh pardon !... Excusez-moi... Je suis vraiment désolé... Je ne sais pas ce qui m'a pris... Phil à votre service... C'est à quel sujet ?* »

La voix reprit comme si de rien n'était :

« *Je suis... le capitaine Nemo... le Nautilus... Je soupçonne une méduse de Sumatra...* »

Philéas se leva d'un bond. Il venait de comprendre que l'étau se resserrait sur lui : plus de salut possible dans la fiction. Il n'arrivait même plus à ébaucher la moindre construction. Il retourna au bar de Tamirof avec des pensées terribles et dévastatrices.

Whisky-Raki-Whisky-Lucky-Pizza... Un somme sur la banquette du bar... Whisky-Raki-Whisky-Lucky-Pizza...

Il passa la nuit dans sa voiture garée sur le sable de la plage et se réveilla tard le matin, à marée haute. De l'eau jusqu'aux genoux, il regagna la terre ferme, s'assit sur un lit d'herbe, attendit que la marée redescende pour sécher son pantalon et récupérer sa voiture, en fumant deux cigarettes à la fois.

Whisky-Raki-Whisky-Lucky-Pizza... Au fond du juke-box, le chanteur anatolien tricotait un douloureux *rebetiko* dans lequel, selon Tamirof qui avait gardé un petit stock de grec des faubourgs d'Athènes du temps d'avant le temps de son exil, il était question d'amitié trahie, de meurtre et de prison, avec pour seuls compagnons cafards, rats et fourmis... « *Pleure, ô maman bien-aimée.* » La mesure du malheur des autres humains confortait le malheur de Philéas, et le nourrissait. En quelque sorte, sans être masochiste, il éprouvait un plaisir inavoué à sentir sa vie partir en morceaux, au diapason de toutes les vies qui partent en morceaux, comme si le bonheur était fugace, et le malheur tenace. Le malheur est moins évanescent, plus présent. Il colle mieux à la peau. Au fond, le meilleur ami de l'homme, ce n'est pas le chien, c'est le malheur, réussit à articuler le cerveau de Philéas, embrumé par les Lucky, parfumé aux poivrons de toutes les couleurs, et imbibé par le cocktail whisky-raki, plus inflammable qu'un cocktail Molotov.

Un habitué héla Philéas depuis le bout du comptoir :
« Hé ! Marlowe ! C'est quoi ta dernière enquête ?... Ah ! Ah ! Ah ! ! ! »
Sans même savoir d'où provenait la question, puisque la foule nébuleuse était multipliée par deux, Philéas répondit, mû par un instinct de survie humoristique et automatique :
« Je suis chargé de retrouver le rhinocéros qui t'a... »

Mais il décida d'arrêter sa phrase en chemin pour ne pas rajouter de la boue à la boue, et quitta le bar. Il contempla l'immeuble où se trouvait son bureau. Il devait être dix heures du soir, ou minuit moins dix. Seule une horloge sobre aurait pu le dire. Philéas alluma ses antibrouillards pour tenter de percer les vapeurs épaisses de ses paysages intérieurs et tourna pendant un bon moment autour du bloc sombre, comme un félin rôde autour d'une bête plus grosse que lui, partagé entre l'envie de l'attaquer et la peur de se faire encorner. Il s'arrêta devant le miroir vieillot qui décorait l'entrée d'un salon de coiffure sicilien. L'expression d'effroi qu'il y découvrit lui donna l'impression que le reflet avait peur de l'original. On aurait dit un *serial loser* sorti tout droit d'un chapitre final de David Goodis, ou Bogart dans *African Queen*. Une barbe sauvage comme les ronces lui mangeait le visage et des cernes violacés dévoraient ses yeux. Le costume, la chemise blanche et la cravate étaient dans un état lamentable. Philéas se décida enfin à affronter le monstre après s'être ravitaillé en Cutty Sark chez Tamirof, une seconde avant la fermeture.

Une étouffante atmosphère d'échec, une odeur de fin de tout, régnait dans ce bureau qu'il avait mis tant de soin à créer. Cette nuit-là, il pleura tellement qu'il n'eut même pas besoin de pisser tout ce qu'il avait bu.

Au petit matin, il ne sait plus si la lumière qu'il voit à travers sa fenêtre est vraiment celle du jour, ou un éclairage trafiqué par quelque démon pour fausser sa vision hallucinée. Paradoxalement, il éprouve une soudaine impression de paix, comme si ses cinq sens avaient été désensibilisés. Il voit le silence des grosses vagues enfler et désenfler, pareilles à de gigantesques seins sur l'océan laiteux. Il entend le halètement des rayons du soleil escalader les murs et le grincement de leurs ongles sur la paroi. Jamais la sensation du rien n'a été aussi palpable.

Et maintenant, que faire ?… Ce qui a été décidé ! Philéas est un homme de parole. Durant les longues heures de cette longue nuit de désespoir chargée de réflexions sur l'inutilité de l'existence, il a poursuivi une idée qui se terrait dans les recoins les plus éloignés de son cerveau. Il a eu beau ruser, tenter de la séduire, l'amadouer pour mieux l'encercler et la capturer, elle est passée entre les mailles du filet. Mais à l'aube, comme la chèvre de monsieur Seguin, elle a fini par céder et se rendre. « C'est le seul de mes scénarios qui passera à la postérité, mais quel scénario ! Ce que je n'ai pas réussi dans la fiction, je vais le réussir dans ma vie. Si l'on peut dire… »

Ce jour-là, à Little Creek, il ne fait ni chaud, ni froid. Il ne pleut pas. Il ne fait rien.

Philéas glisse une feuille dans la Remington, et entame un nouveau roman. L'histoire d'un écrivain raté qui se fait assassiner par l'un de ses personnages.

Arrivé à la page 12, il saisit le P. 38 tout neuf, engage une balle dans le barillet, et colle le canon sur sa tempe sans trembler. En songeant à l'embarras du détective qui mènera l'enquête, il a un sourire énigmatique. Celui qu'Humphrey Bogart esquissait en gros plan, juste avant le mot « Fin ».

LE DERNIER CHAMEAU

Dans les années soixante, à Tizi-Ouzou, comme dans tout le reste de l'Algérie, c'est au cinéma que nous faisions notre apprentissage de la vie : Comment se débrouiller pour se sortir des situations difficiles ? Comment se venger ? Comment échapper à la police ? Faire un nœud de cravate ? Comment se brosser les dents sans tacher le col de sa chemise ? Comment réussir un hold-up proprement ? Comment résister à un interrogatoire... Chaque film était une occasion de nous instruire. Mais, quelquefois, certaines situations nous posaient des problèmes insolubles.

Nous allions souvent voir des films d'horreur, très en vogue à l'époque, dont les titres nous faisaient froid dans le dos : *Le Cauchemar de Dracula, Dracula contre Frankenstein, La Nuit des morts vivants*. On rentrait chez nos parents, vers onze heures du soir, en traversant des rues sombres et désertiques, paniqués à l'idée de voir soudain apparaître les buveurs de sang. On savait bien qu'il suffisait de leur montrer une gousse d'ail et une croix pour les faire fuir. Mais chez nous, la croix, cela ne marche pas. Le vampire ne nous aurait pas crus. Que pouvions-nous faire ? Les combattre avec la main de Fatma ? Tiens, cinq dans tes yeux ya wahed el vampire ! Ou alors leur réciter un verset radical capable de les terrasser sur place : *Aâudou billah min chitane radjim* !... Notre

Vade retro satanas. Mais cela n'aurait eu aucun effet. Dracula ne comprend pas l'arabe.

C'est également au cinéma que nous faisions notre éducation sentimentale. On apprenait comment parler aux filles, les regarder sans fléchir les yeux, s'habiller pour leur plaire, leur dire bonjour, composer un sourire en coin... Mais, comme il n'y avait pas de filles dans la vie réelle, toute notre attention se cristallisait sur les actrices. On aimait Ava Gardner, on quittait Rita Hayworth, on sortait avec Marilyn Monroe, mais l'élue de nos cœurs, c'était Sylva Koscina dans *La Vengeance d'Hercule*. La scène dans le hammam thermique avec Jacques Sernas. Le cinéma nous offrait des histoires d'amour à la mesure de l'ensemble de nos désirs et de nos fantasmes. Paradoxalement, les histoires d'amour de la vraie vie étaient beaucoup plus virtuelles que celles qui se déroulaient sur les écrans du Cinémonde, du Mondial et du Régent, les trois cinémas de la ville.

Un garçon nommé Djamel était tombé fou amoureux d'une fille de son quartier. Comme il ne pouvait pas l'approcher, à cause des nombreux frères, du plus grand au plus petit, qui surveillaient farouchement sa virginité, il l'aimait de loin. Une centaine de mètres séparait les balcons de leurs appartements respectifs. Une distance maintenue pendant les quatre années qu'a duré leur histoire d'amour unilatérale.

Il se levait à la même heure qu'elle, prenait son petit déjeuner, s'habillait, se peignait en lui parlant dans le miroir, *ya l'aziza*, puis descendait l'attendre en bas de l'immeuble. Dès qu'elle sortait, il la suivait. La jeune fille ne le remarqua jamais.

Il l'accompagnait jusqu'à son lycée, puis allait occuper une portion de mur jusqu'à l'heure de la sortie.

Il la suivait quand elle faisait ses courses, le samedi. Si par hasard elle entrait dans une pâtisserie, il attendait qu'elle eût quitté la boutique, puis se précipitait à l'intérieur et demandait : La même chose que la demoiselle qui vient de sortir ! Un baba au rhum avec de la *gazouze* ? Oui ! (Car chez vous le baba au rhum est au rhum, mais chez nous les Algériens le baba est imbibé de limonade *gazouze*.)

Après son bac, la jeune fille entra à la fac d'Alger et elle prenait le bus tous les jours. Djamel aussi. Il se tenait le plus loin possible d'elle et la surveillait, tout en évitant de croiser son regard. Il prenait garde à ce qu'elle ne se fît pas coincer par un « caleur » professionnel, ces types qui passent leur temps dans les bus, repèrent les filles seules et se collent contre elles. Comme les bus sont toujours bondés, ces petits malins savent que leurs victimes ne peuvent pas se plaindre d'être serrées de trop près. C'est une méthode d'approche de l'autre sexe fondée sur la pudeur et le non-dit. Quelquefois, les caleurs calent des femmes voilées. Quelquefois, la femme voilée… n'est pas une femme. Et si la victime n'est pas contente, le type ne garde pas sa langue dans sa poche :

« Tu n'as qu'à changer de place, ma sœur – en Algérie c'est comme ça : on est tous frères et sœurs. C'est un transport public collectif démocratique et populaire. Ou alors, prends un taxi ! Moi aussi je souffre, j'étouffe, mais qu'y puis-je ? Je prends mon mal en patience. Je supporte ! Je résiste ! Mais, n'aie pas peur, ma sœur, je descends bientôt !

— Ne m'appelle pas ma sœur. Au moins, on évitera l'inceste. Toujours ça de gagné ! »

Un jour où Djamel, adossé au mur en face de la fac, attendait sa dulcinée, il la vit courir, radieuse, vers un garçon et l'embrasser.

Djamel faillit s'étouffer de rage et de désespoir. Il traversa la rue, au milieu des crissements de pneus et des coups de klaxon furieux, se précipita sur elle, la saisit par le bras, la regarda droit dans les yeux – pour la première fois depuis quatre ans – et lui dit : À partir de maintenant, toi et moi, c'est terminé !

Un dimanche après-midi, j'allai au Cinémonde voir *La Guerre de Troie*, avec Steve Reeves. Les péplums faisaient fureur à cette époque. La valeur d'un film se mesurait aux dimensions des biceps du héros dessiné sur l'affiche. Pour nous, un grand acteur était un acteur musclé. Et de ce point de vue, Steve Reeves était le meilleur.

Il faisait très chaud. Les arrivants enjambaient les rangées pour rejoindre leurs copains. En quelques minutes, la salle était archi-comble. On s'interpellait dans toutes les directions. D'une rangée à l'autre, du balcon à l'orchestre et vice versa. Les sachets de cacahuètes s'ouvraient dans un joyeux vacarme. Une vraie fête populaire !

Enfin, le rideau de velours rouge s'ouvre, les lampions s'éteignent les uns après les autres, l'écran s'allume et le brouhaha diminue. L'ouvreur (car chez nous, pas de femmes au cinéma, imaginez cinq cents caleurs qui guettent dans l'obscurité) l'ouvreur donc, éclairait les travées de sa torche électrique, pour repérer les dernières places libres. Il en profite pour tenter de faire respecter les règles élémentaires de la bienséance.

« Hé, toi ! Enlève tes pieds de là ! »

Et le film commence :

Steve Reeves – Sylva Koshina
dans
La Guerre de Troie

Neuf ans se sont écoulés depuis le jour où Pâris, prince Troyen, ravit la belle Hélène à son époux Ménélas, roi de Sparte. Et, depuis neuf ans, s'étant juré de venger l'outrage, les princes de la ligue achéenne, qui comptait les héros les plus fameux de toute la Grèce, assiégeaient la ville de Troie...

« Salam alikoum ! » lance dans le noir un spectateur qui vient d'arriver.

Toute la salle répond en chœur :

« Alikoum salam ! »

... Entourée de murailles inexpugnables, entre lesquelles Pâris cache Hélène comme une proie superbe enlevée à l'orgueil des Grecs, Troie est cependant au bout de sa résistance...

Dans le lointain, on entend le grésillement d'un poste de radio sur lequel on cherche une station et qui se fige sur le commentaire hystérique d'un match de foot. Une porte s'ouvre et une voix chante dans l'obscurité :

« Kaw-kaw ! Kaw kaw ! Cacahuètes ! Cacahuètes ! »

Le faisceau de la torche se déplace rapidement dans le noir. L'ouvreur se rue sur le marchand clandestin de cacahuètes.

« Sors d'ici, naâl... ! »

Hector, le plus valeureux des Troyens, fils du roi Priam et frère de Pâris, a péri de la main d'Achille qui vengeait son ami Patrocle, tué par Hector en combat singulier. C'est avec ce sinistre présage que commence la dixième année de guerre...

Le film s'arrête brusquement. Les spectateurs hurlent et la tête du projectionniste apparaît dans la petite fenêtre de la cabine :

« La J.S.K. vient de marquer un but ! »

La J.S.K., c'est la Jeunesse Sportive de Kabylie.

L'ouvreur saute en l'air et tape dans ses mains :

« Ouaiiiis ! »

La salle en délire se joint à lui :

« J.S.K. ! J.S.K. ! »

Le film redémarre.

Que les vautours enfoncent leurs becs de rapaces dans la plaie qu'a ouverte mon épée afin qu'Hector, meurtrier de Patrocle, souffre deux fois la mort. C'est ainsi que s'accomplit la vengeance d'Achille !

Les spectateurs :

« J.S.K. ! J.S.K. ! J.S.K. ! Allez les jaunes, allez ! »

Sur l'écran, Hélène est effondrée.

Achille tenait dans sa main le destin d'Hector. Il a fallu neuf ans pour qu'il s'accomplisse. Que va-t-il advenir de Troie ?

Le projectionniste branche la radio sur les haut-parleurs du cinéma afin que tout le monde profite de la suite du match.

« Mouloud passe à Kader qui repasse à Mouloud... Mouloud feinte l'ailier droit de l'équipe adverse... Il fait rouler le ballon devant lui... Il est dans les dix-huit mètres... Il va shooter... Il va shooter... Mais qu'est-ce qu'il fait ? La défense du club d'Oran remonte... Mouloud... Mouloud... Mouloud. »

Énée :

« *Les dieux n'aiment pas qu'on hurle en franchissant le seuil de la mort, Pâris !* »

Pâris :

Je veux te rendre justice... yuku aru ya tori naki uo no mi wa namida.

« Qu'est-ce qui se passe là ? » hurlent les spectateurs.

Yamabuki chiru ka taki no oto !

Le projectionniste, distrait, a collé un morceau de pellicule des *Sept Samouraïs* au début de *La Guerre de Troie*.

Pâris :

Je veux te rendre justice, Énée. Il existe entre nous une vieille rivalité. Mais depuis les remparts, j'ai pu admirer ton exploit. Le courage et la ruse sont deux qualités enviables.

« Kader passe à Méziane !

— Allez les jaunes, allez !

— Oh là là là ! Farid arrache le ballon à Mouloud... le passe à Kader qui remonte...

— Cacahuètes ! Cacahuètes ! Deux paquets pour un franc, deux !

— Fous-moi le camp, naâl... »

Créuse :

« Je te regardais du haut des remparts. J'ai si peur pour toi, Énée ! Combien de temps encore devrons-nous vivre ainsi ?

— Je ne sais pas. Cette guerre prendra fin un jour.

— Kader tire de toutes ses forces...

— J.S.K. ! J.S.K. !

— Le gardien est feinté... Oh là là !... Ahhhh !... Abdelkader s'élance et dévie la balle d'un coup de tête magistral.

— Ahhhhhh !...

— Ho, le constipé, tu la fermes, la porte des toilettes !

— Cacahuètes !

— Moussa feinte Aïssa. Il passe à l'ailier gauche qui l'envoie au centre. Brahim amortit le ballon... le laisse glisser... le bloque... cherche une issue... Berkani se faufile dans la défense du MCO... !

— Les jaunes ! Les jaunes ! Les jaunes ! »

Énée :

« Je t'aime ! »

Créuse :

« Oh, Énée, mon amour ! Embrasse-moi !

— Le ballon suit sa trajectoire comme une flèche… But ! ! !

— Bon, ça y est maintenant ? On peut regarder le film ? lance une voix du balcon.

— Si tu n'aimes pas la J.S.K., tu n'as rien à faire dans cette ville ! braille un supporter.

— Quitte cette ville ! gueule un autre.

— Je pars, bande de lâches, mais laissez-moi vous dire une chose : si vous aimiez vraiment la J.S.K., vous seriez au stade au lieu d'être au cinéma ! Soyez maudits ! »

Devant une repartie aussi cinglante, la salle reste muette de stupeur.

« Vive Oran ! » lance quelqu'un.

Tout le monde se retourne vers le traître.

« Qu'on le pende ! »

Un groupe s'avance vers lui, menaçant.

« Mais je plaisantais, les gars. C'était juste pour déconner !

— On déconne pas avec ça !

— Lynchons-le ! »

Créuse :

« *Oh mon chéri !*

— Silence ! Silence ! Ils vont s'embrasser ! »

Énée embrasse Créuse.

« Ouaiiis ! »

Le projectionniste hurle :

« La J.S.K. a encore marqué !

— Ferme ta gueule !

— *Énée enlace Créuse et l'embrasse. Agamemnon passe le ballon à Étéocle… Étéocle passe à Achille… Achille le bloque avec son talon… le passe entre les jambes d'Hélène… Hélène le rattrape… le renvoie à la déesse Athéna… qui le passe à Ajax, Ajax passe à Patrocle. Patrocle passe à Créuse. Créuse embrasse Énée. Énée la renverse sur le lit…*

— Il yy eesst ! Buuuuuut ! »

Au Cinémonde, je vis également *La Fabuleuse Aventure de Marco Polo*.

En route vers la Chine, le héros et ses compagnons s'arrêtent dans une oasis où ils sont accueillis par une nuée de marchands agités. L'un d'eux s'avance vers Marco en se frottant les mains et en caressant sa barbiche d'un air rusé.

Dans les films occidentaux, les Arabes sont toujours fourbes, vils, serpentins, huileux, ils montrent les dents. Ils sont toujours cachés derrière quelque chose, un palmier, une dune, un coin de rue obscur, derrière une porte, la main levée armée d'un poignard avec un regard cruel et trois cents projecteurs braqués sur le blanc des yeux pour le faire briller.

Les personnages d'Arabes sont doublés en français par des comédiens d'origine pied-noir.

Donc, le marchand s'avance :

« Alors, tu visites les oasis, mon frère ! Tchu as peut-être besoin d'un joli tapis, un souvenir ? Regarde çuilà, comme il est zzzzouine ! Ma parole qu'y en pas de meilleur sur le marché... Et c'est donné ! Si t'chen prends un, je te le fais au prix de deux. Profite mon frère, profite, c'est les soldes ! Tu hésites ? Tu as raison, il faut toujours marchander avec sa conscience. »

On est au XIIIᵉ siècle et l'homme parle en pataouète, qui n'existe que depuis le début du XXᵉ. Quand ils sont arrivés en Algérie, les Européens parlaient les patois de leurs pays d'origine, puis le français a triomphé. Mais, en se posant sur la musique de la langue arabe, il a fini par acquérir cet accent si particulier. Les puristes, soucieux de conserver la préciosité de la langue de Victor Hugo, *Demain dès l'aube, à l'heure où blanchit la campagne* n'ont pas pu empêcher sa dérive vers la langue de Djeha : *Je partirai, vois-tchu, je sais que tchu m'attends !*

Ah, purée, j'irai par la forêt, j'irai par la montagne.

Wallah ! Je ne puis demeurer loin de toi plus longtemps.

Mais revenons à Marco Polo et au marchand :

« Regarde ! Boussoles, Rébannes, parapluies pour le soleil, fax ! J'ai tout ce qu'il faut ! Tu veux un portable ? regarde, il fait même les photos. Wallah, je te jure, mon frère, il est pas cher ! Il est tombé du chameau. Allez, tu m'achètes ? Allez, fais-moi plaisir ! *Naâl...* »

Un jour, le Régent annonça à grand fracas :
« PROCHAINEMENT : *OLGA*, LE FILM QUI VA AU-DELÀ DU
RÉEL ! » Un film d'Allemagne de l'Est. Sur l'affiche,
une colonne de soldats verts aux sombres traits et le
visage fier de l'héroïne qui regarde au loin surgir
l'espoir, mais avec une pointe d'inquiétude parce qu'il
ne marche pas vite. Rien de transcendant à première
vue. Des films avec des soldats allemands, l'on en a
vu des dizaines, mais en bas de l'affiche, une petite
information allait mettre le feu aux poudres dans
tout le département :

« **Strictement interdit aux moins de 18 ans**. »
Collée au-dessus du guichet, une affichette précisait
« Il vous sera réclamé une carte d'identité en cours
de validité ou un permis de conduire. Les cartes scolaires ne seront pas acceptées ». La sous-préfecture
et le commissariat de police furent envahis par des
milliers de jeunes qui tenaient absolument à régula-
riser leur situation administrative. Les studios des
photographes furent envahis. La mairie dut engager
du personnel supplémentaire pour la délivrance des
fiches d'état civil nécessaires à l'établissement de la
carte d'identité. Des adolescents à qui l'on refusait le
précieux document venaient avec des témoins pour
tenter de prouver qu'ils étaient nés beaucoup plus tôt
que la date figurant sur leur acte de naissance.

« Regardez, Monsieur, c'est écrit "présumé". Mes parents m'ont inscrit avec trois ans de retard aux registres des naissances. J'ai pas quinze ans ! j'en ai dix-huit !

— Tu veux dire que ton père t'a déclaré trois ans plus tôt pour toucher les allocations ! Allez dégage. »

Le jour dit, des foules entières s'étaient amassées dès l'aube devant la grille du Régent. Les postulants s'étaient faits beaux. Une longue file de brushings identiques s'étendait jusqu'au bout de la rue. La technique du brushing venait d'arriver dans le pays et avait révolutionné l'esthétique nationale. C'était le début de la période hippie et de la mode des cheveux longs. Mais le coiffeur avait beau tirer nos poils récalcitrants pour les remettre dans le droit chemin, ils conservaient un certain volume de part et d'autre du crâne en forme de couvre-chef que l'on avait surnommé « casque allemand ». À voir la longue file de jeunes avec des pantalons pattes d'éléphant et des brushings « casque allemand » devant l'affiche d'*Olga*, on aurait dit des sections de soldats devant les bureaux de la Wehrmarcht.

Toutes les deux minutes, les plus jeunes tâtaient leurs poches pour vérifier si la carte d'identité était toujours bien en place. Je n'avais que seize ans, mais réussis à entrer en glissant un bakchich conséquent au contrôleur. Lorsque les lumières s'éteignirent, il y eut un immense « Ah ! » de plaisir suivi d'un silence à couper au scalpel. On était mort avant le générique.

Le début du film était le standard classique du film chiant. Un drame social qui racontait l'histoire d'une femme au foyer battue par son mari, un alcoolique paranoïaque. Tout ça, on s'en foutait. Nous, on attendait « Interdit aux moins de dix-huit ans ». On en voulait pour notre argent.

Olga, l'héroïne, est enceinte et pense que la venue d'un enfant va sauver son ménage. Quand elle découvre que son mari file le parfait amour avec la garde-barrière d'un passage à niveau de la voie ferrée Dresde-Leipzig, indicatrice à temps partiel pour la Gestapo, Olga est tentée de se faire avorter, mais elle décide de garder l'enfant pour lui donner une éducation communiste... et nous, on attendait toujours « Interdit aux moins de dix-huit ans ». Un soir, elle retrouve son mari dans un bar de Munich avec l'employée de la SNCF allemande bâtie comme une locomotive à vapeur. Une bagarre s'ensuivit qui faillit coûter la vie à Olga. On l'emmena dans un hôpital où elle resta pendant deux bobines.

Et là, enfin, on a eu droit à la totale. La scène interdite aux moins de dix-huit ans était un accouchement en direct... En fait, c'était un documentaire médical destiné aux étudiants en gynécologie, habillé d'un scénario tiré par les cheveux, et envoyé par la RDA dans le cadre de la coopération culturelle entre les deux pays frères.

Le film fut un énorme succès. La plus grosse recette depuis l'arrivée du cinéma dans le pays. Les hommes, qu'on avait toujours tenus à l'écart de cet événement mystérieux, affluaient de partout.

Ils descendaient des montagnes, arrivaient des villages environnants par cars entiers. Pour parer à la forte demande, la direction du cinéma ajouta une séance supplémentaire, puis finit par ne plus projeter que la scène de l'accouchement, le reste du film était de toute façon sans intérêt.

C'est ainsi qu'un film scientifique rencontra un immense public populaire assoiffé de culture.

La première fois que j'entrai dans un cinéma, j'avais neuf ans. Je n'avais absolument aucune référence. Je réagissais au premier degré : j'ai hurlé quand j'ai vu arriver sur moi la locomotive du train qui entrait en gare de la Ciotat, j'ai crié pour prévenir Burt Lancaster que Kirk Douglas allait lui tirer dans le dos, j'ai pleuré pendant trois jours la mort de Spartacus en maudissant Jules César...

Les films étaient en français et à l'époque je ne comprenais pas le français. À vrai dire, je ne comprenais pas davantage quand les acteurs se taisaient. J'avais débarqué en ville quelques mois auparavant et j'étais loin d'imaginer que tout cela pouvait exister. Je ne savais même pas qu'il y avait d'autres pays et d'autres hommes que ceux de ma montagne.

Je me souviens très bien de la première fois que j'ai vu des Français. C'était en 1955. Quelques mois après le déclenchement de la guerre d'Algérie. J'avais cinq ans. Nous avions appris que les militaires devaient venir chez nous réquisitionner les fusils de chasse afin d'empêcher leurs propriétaires de les remettre aux « fellagas ».

J'habitais un hameau coupé du monde, dans les montagnes et, chez nous, l'importance d'un village se mesurait au nombre de fusils qu'il détenait. Au dernier recensement, nous étions un village de vingt fusils. En comptant une moyenne de cinq personnes pour une arme, nous devions être une centaine d'autochtones. Les autochtones étant comme vous le savez ces êtres étranges originaires du pays qu'ils habitent. Dès que la nouvelle se répandit, les propriétaires des armes menacées les enroulèrent dans des couvertures et les enterrèrent dans leur jardin.

Dans ma petite tête d'enfant, les Français étaient une entité abstraite, et j'étais très impatient de les voir arriver, afin de découvrir comment ils étaient faits.

Je n'en dormais plus. Une légende, qui courait depuis la nuit des temps, disait qu'ils étaient d'une grande beauté. Au point que nous utilisions couramment l'expression *Yeçbeh am-urumi !*, qui veut dire : Il est beau comme un Français ! Mais, en même temps, dans l'imaginaire transmis par ma grand-mère, ma mère et mes tantes, ils n'étaient pas tout à fait humains. Ainsi, quand je refusais d'aller au lit, ma mère n'évoquait-elle pas le loup, mais disait d'une voix menaçante : Va te coucher tout de suite, sinon *Bitchouh* viendra te manger tout cru ! Dans les cinq secondes qui suivaient, je dormais à poings fermés, de peur de me faire dévorer par cet ogre, dont les deux syllabes me terrifiaient. *Bitchouh* était la transcription phonétique kabyle de Bugeaud, l'un des fameux généraux qui avaient « pacifié » l'Algérie, comme on dit chez vous, et auquel les autochtones prêtaient un caractère sanguinaire et monstrueux.

Est-ce que les militaires français, malgré leur grande beauté, seraient aussi terribles que leur auguste prédécesseur ?

Le jour dit, les adultes les attendaient avec inquiétude, et nous, les enfants, avec impatience. Dès l'aube, nous surveillions le petit chemin de crête qui surplombait notre village. Il neigeait depuis plusieurs jours. Le soleil, fatigué par le rude hiver, continuait sa lente ascension vers son zénith, essayant de se frayer un passage parmi les nuages et de faire normalement son boulot d'éclairagiste universel pour mettre un brin de lumière sur la montagne couverte d'un blanc burnous et réchauffer nos chairs meurtries par le blizzard...

Tous les villageois, hommes, femmes, enfants, chèvres, attendaient.

Nous sommes restés là une journée entière, morts de faim, tremblant de froid, les pieds gelés, et trépignant d'impatience. En fin d'après-midi, pas l'ombre d'un *Roumi* à l'horizon. C'était le mois de Ramadan. Dépités, nous nous apprêtions à quitter notre poste d'observation pour nous rassembler dans la cour de la mosquée, et attendre que le muezzin nous donne l'autorisation de rompre le jeûne, lorsque nous vîmes au loin une longue colonne de petits points semblable à une procession de fourmis.

« Les voilà !

— Ce sont eux !

— Awuuu ! » Un chacal lança un jappement lugubre.

Plus la colonne avançait, plus la composition du groupe se précisait. Nos cœurs se mirent à battre la chamade. Les soldats se rapprochaient et, bien que la lumière du jour s'estompât, nous commencions à apercevoir leur lourd barda et les fusils sur leurs épaules. Paniqués, quelques villageois prirent la fuite. Ils n'étaient plus qu'à une centaine de mètres de nous... Plus ils se rapprochaient plus nous étions stupéfaits !

« Non !

— Ce n'est pas vrai ! »

Ils étaient... noirs !

Les Français sont noirs ! Seul le type qui marchait en tête de la colonne était blanc : lui, ce devait être un Algérien comme nous. Parvenus sur la petite place du village, une soixantaine de gaillards à la peau couleur d'ébène, hagards, transis de froid, soufflant d'énormes nuages de buée, nous regardaient avec le même air étonné qu'ils pouvaient lire dans nos yeux. Au même moment, le muezzin lança l'appel à la prière du *dohr* et à la rupture du jeûne. Les soldats déposèrent leur barda, étendirent leur manteau sur la neige et se mirent à prier.

Non seulement les Français étaient noirs, mais, en plus, ils étaient musulmans ! Les gamins du village couraient partout en hurlant l'incroyable nouvelle : les Français sont noirs ! Les Français sont noirs et musulmans !

J'appris plus tard que c'était un bataillon de tirailleurs sénégalais.

Mon père fut le premier propriétaire d'un poste de radio. Un engin énorme. Chaque après-midi, quand elle avait fini ses travaux ménagers, ma mère le sortait dans la cour et le branchait sur la chaîne kabyle, qui ne diffusait pratiquement que des chansons et des sketches. Toutes les femmes et les filles du village avaient rendez-vous chez nous, à la même heure, du lundi au vendredi, et mettaient leurs plus beaux atours, comme si elles se rendaient au théâtre. Elles apportaient des crêpes, des beignets, du basilic, des bouquets de violettes et, vissée sur leur foulard, de la menthe sauvage. Elles s'asseyaient par terre ou sur les banquettes en pierre, dans la cour de la maison. Ma mère, en parfaite maîtresse de cérémonie, préparait le café et le thé, ôtait le tissu qui recouvrait la radio, tournait le gros bouton de bakélite, et soudain, la cour se transformait en music-hall. Les femmes riaient aux éclats en écoutant les sketches. Puis, dès que la musique commençait, elles lançaient des you-yous stridents, se levaient et dansaient en accompagnant les chants sortis du haut-parleur. Les postérieurs prenaient leur liberté. Ils vibraient tellement que parfois j'avais l'impression qu'ils allaient se détacher des corps et se mettre à danser tout seuls. Les seins des plus jeunes voletaient comme des pigeons voyageurs et ceux plus abondants des adultes se balançaient comme des coloquintes pleines qu'on secoue pour séparer le beurre du lait. À côté de ça, les danseuses de Tahiti, c'est du flan. Cela produisait une énergie incroyable...

Mon père avait acheté ce poste afin d'écouter les informations et formellement interdit qu'on y touche. C'était un fidèle de l'émission « Les Arabes parlent aux Arabes », que la résistance algérienne diffusait à partir de Londres... Euh... du Caire ! J'ai oublié que l'histoire venait de faire un glissement géographique !

Le lundi matin, après le départ de mon père, j'allumais le poste en cachette et tournais le bouton de réglage des stations dans un sens, puis dans l'autre, balayant inlassablement la gamme des fréquences : Moscou, Bratislava, Budapest...

J'adorais écouter toutes ces langues bizarres, que je ne comprenais pas, et les bruitages mystérieux, notamment le sifflement sidéral, que le passage d'une station à l'autre provoquait. Parfois, je m'arrêtais sur des chants terribles qui me faisaient peur. J'ai appris plus tard qu'on appelait ça de l'opéra...

Mon père travaillait à la ville et rentrait à la maison le vendredi soir pour passer le week-end avec nous. Un jour, comme ça, sans prévenir, il revint le jeudi. La radio hurlait, les femmes surexcitées dansaient dans un état second et, quand mon père fit son entrée, la stupeur figea toute la maison. Les postérieurs s'immobilisèrent, les pigeons s'arrêtèrent en plein vol, les coloquintes virèrent au lait caillé. Mon père traversa froidement l'assemblée des femmes, régla le bouton de la radio sur « Les Arabes parlent aux Arabes » et le silence recouvrit d'une chape de plomb les derniers youyous.

Quelques mois plus tard, nous avons quitté la montagne et nous sommes allés nous installer dans la banlieue d'Alger. Mon père m'avait inscrit dans un établissement scolaire appelé l'École Jeanmaire.

Durant les trois premières semaines, la maîtresse me marqua absent parce que je ne levais pas le doigt quand elle faisait l'appel. Je ne connaissais pas mon nom patronymique ! Il faisait partie de ceux qui avaient été attribués de façon arbitraire à nos grands-parents par l'administration coloniale à la fin du XIXᵉ siècle parce qu'elle n'arrivait pas à se retrouver avec notre système d'appellation traditionnel qui était lié uniquement à l'affiliation tribale. Des chapelets de prénoms qui donnaient le tournis aux fonctionnaires français. « Mohamed ben Ali ben Moussa ben Mouloud ben Mohamed ben Mohamed... » Le même prénom revenait deux, trois fois dans la liste, si bien que le secrétaire de mairie, le gendarme ou le juge étaient saisis de vertige.

D'après des témoignages dignes de foi, ces séances d'attribution de patronymes se déroulaient ainsi :

« C'est quoi ton premier nom ?

— Mohamed !

— Celui de ton père ?

— Ali !

— Ali. D'accord ! Ton grand-père ?

— Ben Moussa !

— Très bien. Donc ton arrière-grand-père, si j'ai bien compris, c'est Mouloud ?

— Oui, m'siou ! Mouloud Ben Mohamed ben...

— Attends, attends, attends, m'embrouille pas... donc on a dit... ton grand-père, c'est Ben Moussa, ton arrière-grand-père ; Mouloud... Mohamed c'est l'arrière-arrière-grand-père et ton arrière-arrière-arrière-grand-père, c'est encore Mohamed !... là, y a un problème !

— Prooblime por toi m'ssiou, pas por mwa !

— Tu trouves cela normal qu'il y ait des Mohamed partout ? C'est pas possible ! Comment veux-tu que je m'y retrouve ?

— Ci li nom di prophite, m'siou ! Chi nous li misilma li garçou qu'il i nis les proumiers on lwi donni li prino di Mouhamed, *Sala Aâlih Wa Salama*. Ci li rispi !

— Comment ? J'ai rien compris, là !

— Par rispi ! Ci ta dir koun li rispicti li prouphite alour li donni li no di lwi o'zenfa por qu'i l'en i di la chance dans la vi i qui gardi li di mohamed toujours il i dibou ! Toi yana coumpri ?

— Ah, oui, oui ! Par respect ! C'est ça ?

— Ci ça !

— Donc, tu es l'aîné ?

— Bardou ?

— Tu es le premier !

— Ci ça !

— D'accord... Donc tu me dis que tu t'appelles Mohamed ben Ali ben Moussa ben et cetera...

— Ci pa bin Ali ben Moussa ben Sitira ! Ci Ali ben...

— Oui, oui excuse-moi. « Et cetera » est un mot qui veut dire... laisse tomber, j'ai rien dit. Dis-moi... le maréchal-ferrant, comment ça se fait qu'il porte exactement le même nom que toi ?

— Ci li frire di moi, m'ssiou !

— C'est le frère de toi ! Tu ne m'as pas dit que c'est le premier garçon qui porte le nom du prophète ?

— Ci li frire di moi, m'ssiou, parsoukou... Atta, hein ! J'vas t'y faire comprend ! Le pire ci li mime, mi la mire ci ti pa la mime ! I ji encore quat' z'ot di frire kili s'apili Mohamed parsoukou mon pire il a pousi sept femmes !

— Ah, putain !

— Ah ti dis pa ça !

— C'est une façon de parler ! Si j'ai bien compris, dans la famille, vous êtes cinq à vous appeler Mohamed ben Ali ben Moussa ?

— Wi !

— Le marchand de bourricots, celui qui s'installe les jours de marché, là-haut, sous le grand eucalyptus...

— Wi !

— C'est l'un de tes frères ?

— No !

— Comment ça, non ! Il s'appelle bien Mohamed ben Ali ben Moussa lui aussi.

— Wi !

— Et alors ?

— Lwi, ci tin Mohamed ben Ali ben Moussa de la tribi di ben Moussa ! I mwa, ji swi Mohamed ben Ali ben Moussa de la tribi des Ben Moussa.

— Mais, c'est exactement pareil ! Qu'est-ce que tu me racontes ?

— Ah si pas pariy ! Mwa ji swi un Ben Moussa d'en haut et lwi un Ben Moussa d'en bas. Lwi l'habite en bas et mwa ji l'habite en haut ! Ci pa paréye !

— Oh là là !

— Ça yi ji croi tiya coumpri mint'na, hé hé ! »

Pour s'y retrouver, l'administration avait décidé de diviser les tribus en familles et leur attribuer des noms. L'opération avait duré des mois. Les chefs de famille étaient convoqués et faisaient la queue devant les mairies ou des bureaux improvisés. Au début, on s'appliqua à trouver des noms qui eussent un sens et une relation avec l'histoire des personnes, mais très vite, comme les gens ne comprenaient pas ce qu'on leur demandait, les fonctionnaires se lassèrent. Pour aller plus vite, ils commencèrent à bacler.

« Tu viens de quelle tribu ?

— Kistidi ?

— Allez, c'est bon, tu t'appelleras : Kistidi. C'est quoi ton petit nom ?

— Slimane.

— À partir d'aujourd'hui, tu seras : Kistidi Slimane. Tous tes enfants, et tes femmes seront des Kistidi. Au suivant ! »

Et c'est ainsi qu'il y eut des familles Poussépa, Shacasatour, Sivoupli, Dinbabek, Aritdicouni... Ces nouveaux noms étaient surtout utilisés pour les démarches administratives, la population, elle, conservait le système traditionnel.

Un jour donc, en passant dans les rangs, la maîtresse s'arrêta devant moi et se pencha pour lire le nom inscrit sur l'étiquette cousue sur mon tablier. Tout en émettant des sons auxquels, comme d'habitude, je ne comprenais goutte, puisqu'elle s'exprimait en français, elle me prit par le col de ma blouse et m'entraîna chez le directeur, qui me passa à son tour un savon de Marseille dans la langue de Pagnol, que je ne connaissais pas encore, sans que je susse, là non plus, de quoi il retournait. Revenu dans la classe, je finis la matinée au piquet.

Un jour, la maîtresse prit le vase rempli de mimosas posé sur son bureau, s'avança vers moi, et me le tendit en me débitant un chapelet de mots dans son idiome incompréhensible. Derrière moi, des élèves, pour m'aider à comprendre, essayaient de m'expliquer ce qu'elle voulait. Mais ils parlaient en arabe, qui m'était aussi étranger que le français, puisque je ne parlais que le kabyle et encore... J'étais si timide que la seule langue que je maîtrisais c'était... le silence. Je tentai de décoder ce qu'elle me demandait en essayant d'analyser le ton de sa voix. À première vue, si elle me donnait le vase c'était pour que j'en fasse quelque chose. Il ne pouvait en être autrement. Quelqu'un ne pouvait pas venir comme ça au hasard vous donner un vase de mimosas juste pour le plaisir de vous donner un vase de mimosas ! De son index, elle me montrait la porte. Il fallait donc que je sorte. Ce que je fis.

Une fois dehors, je restai debout comme un idiot, dans l'immense cour de récréation, accroché à mon vase, quand la vue des lavabos sous le préau me fit déduire qu'il devait y avoir une histoire d'eau là-dessous.

Ce qui ne résolvait pas la question pour autant. Est-ce qu'elle m'avait simplement demandé de changer l'eau des fleurs ? Voulait-elle que j'allasse jeter les mimosas, en cueillir des neufs dans le jardin et les mettre dans le vase après avoir changé l'eau ? Ou fallait-il jeter l'eau et les fleurs, rincer le vase et le rapporter vide ? Ou plein afin qu'elle y mette des fleurs neuves elle-même ? Jeter le vase et les mimosas, et revenir avec l'eau ? Jeter l'eau et le vase, et revenir avec les mimosas ? Tout jeter et revenir les mains vides ? Quitter définitivement l'école et prendre la route avec les mimosas en laissant le vase regagner la classe tout seul ? Elle voulait peut-être que je les donne au directeur ? Ou à la maîtresse de la classe voisine ? Elle me les avait peut-être offerts pour me demander pardon d'avoir été trop dure avec moi : Va, mon garçon, prends la route qui mène chez tes parents et tu leur donneras ce magnifique bouquet de ma part ! De toute façon, il fallait agir. Je n'avais pas l'éternité devant moi pour trouver une solution. Finalement j'optai pour celle qui me semblait la plus logique : jeter l'eau, le vase et les mimosas, et rentrer chez moi. Ce que je fis.

Deux ans après, nous quittâmes Alger pour Tizi-Ouzou. Mon père avait trouvé un logement dans une cité toute neuve où cohabitaient deux groupes ethniques majoritaires : les Français algériens et les Algériens algériens. Jusqu'à l'indépendance, les Européens se considéraient comme les seuls véritables habitants du pays. Nous, au plan administratif, nous étions des Indigènes. Au plan géographique des autochtones. Au plan racial des Arabes. Au plan ethnique des Berbères. Des musulmans au plan religieux, et des melons au plan botanique. Ne comprenant pas le rapport que nous avions avec cette cucurbitacée, je consultai le dictionnaire à « melon » et lus : *plante annuelle rampante, cultivée pour ses fruits, demandant de la chaleur et de la lumière* ! Désormais, j'étais très fier d'être un melon.

Sur le chemin de l'école, les élèves formaient deux groupes, séparés par environ dix mètres de distance, deux mondes opposés, les Algériens et les Français, qui se provoquaient et se chamaillaient. Quand nous jouions au football, ce n'était pas le bâtiment C contre le bâtiment B, ni la cité des Oliviers contre les Eucalyptus, c'était les Arabes contre les Français, les musulmans contre les chrétiens, les blancs contre les bronzés. D'ailleurs les matches de foot se jouaient avec les règles du rugby, et l'emploi du ballon était facultatif.

Quand nous jouions aux cow-boys et aux Indiens, les Arabes faisaient toujours les Indiens. Comme si c'était dans la nature des choses. Les Européens, plus aisés et moins nombreux, possédaient la panoplie complète offerte par leurs parents : chapeau, ceinture, pistolets... Nous, s'il nous arrivait de demander à nos géniteurs : Papa, tu m'achètes un pistolet de cow-boy ? La réponse était toujours cinglante : Kwa ? Li kouvbouy ! Kiskisik ci Silima ? Mchi naâl bouk ! Digage ! Saloupris !

Il ne nous restait plus qu'à fabriquer des arcs et des flèches avec des branches d'olivier et attendre qu'une poule passe pour lui arracher une plume. Quand nos mamans lançaient des youyous de Cheyennes, les cow-boys battaient en retraite. Lorsqu'un convoi de militaires passait par là, nous prenions la fuite à notre tour en criant : Voilà la cavalerie ! Et quand nous jouions aux gendarmes... devinez qui faisaient les voleurs ?

La télévision était entrée dans les foyers européens, mais pas encore dans les nôtres. Nous avons eu des télévisions à l'Indépendance... Mais elles ne marchaient pas. Pendant les week-ends, les jours fériés et les vacances scolaires, M. Bitoun, propriétaire du magasin « Bitoun Électronique », laissait un poste allumé jusqu'à la fin des programmes. Après le dîner, avec les copains, on se retrouvait sur le gazon qui faisait face à la vitrine de la boutique. Pendant les retransmissions de matchs de foot, nous étions jusqu'à trois cents personnes à nous bousculer sur l'herbe et M. Bitoun allumait tous les postes de la vitrine. Mais pour *Les Perses* d'Eschyle, il n'y avait personne et M. Bitoun éteignait très tôt la télé. Il habitait au-dessus de sa boutique et souvent nous l'appelions d'en bas :

« Monsieur Bitoun, monsieur Bitoun ! »

Il ouvrait sa fenêtre.

« Qu'est-ce qu'il y a, mes enfants ?

— Vous pouvez monter le son, s'il vous plaît ?

— J'arrive ! »

En pyjama, il descendait l'escalier en colimaçon et se penchait sur le Telefunken.

« Ça va comme cela ?

— Encore un peu !

— C'est bon ! Merci, monsieur Bitoun ! »

Il remontait chez lui et quelques minutes après :

« Monsieur Bitoun !

— Qu'y a-t-il encore ?

— L'image est brouillée !

— Je vais arranger ça. »

Il montait sur la terrasse modifier l'orientation de l'antenne.

« Ça va comme cela ?

— Encore à droite ! !

— Les traits, ils sont comment, les enfants ? Obliques ou horizontaux ?

— Quoi ?

— Vous m'entendez ?

— …

— Ho, vous ne m'entendez plus ! »

Silvana Mangano venait d'apparaître à l'écran. Elle plante du riz dans un marécage… sa robe mouillée lui colle à la peau…

Ce jour-là, notre sexualité s'est brutalement révélée. Comme un volcan en éruption, elle est passée en quelques minutes du stade de l'inconscient au stade olympique de la conscience. Depuis que *Riz amer* était passé sur la télé de M. Bitoun, c'en était fini de notre tranquillité. La libido bouleversante et désespérée de dizaines de gamins allait déferler sur la cité. On miaulait dans toutes les cages d'escalier et sous les balcons.

Le lendemain, je tombai amoureux de Jeannette, la fille de notre voisin pied-noir, que tout le monde surnommait Charlot. Jusque-là, on jouait au foot tous les jours ensemble. On était très copains... Alors quand je commençai à la regarder de travers en me tortillant, je n'eus pas beaucoup de succès : Qu'est-ce qui t'arrive ? Tu es devenu fou ou quoi ?

Nous jouions aussi à celui qui écraserait le plus de fourmis. Les fourmis rouges représentaient les Français, les noires les Arabes. Les blancs, très politisés pour leur âge, écrasaient les noires en criant : À bas les ratons ! De notre côté, nous étions beaucoup plus performants dans les insultes à connotation sexuelle. À la fin de la partie, nous comptions les cadavres des fourmis, et le groupe qui avait perdu devait crier Vive l'Algérie française ! ou Vive l'Algérie algérienne !, selon le cas, ce qui était considéré comme l'humiliation suprême.

Un jour, je sauvai une grande fourmi rouge du massacre, la mis dans une petite boîte en bois et décidai de l'appeler Jeannette. J'appris par cœur certains dialogues de mes films d'amour préférés et les lui répétai en secret. Je lui disais tout ce que je n'avais jamais osé avouer à l'autre Jeannette. Et dès que je me sentais à l'aise, je me laissais aller à l'improvisation : – Oh Jeannette, ma petite fourmi rouge ! Tes yeux verts sont comme les torches électriques que les mineurs de *Germinal* avec Jean Sorel et Claude Brasseur se mettaient sur le front. La lumière verte de tes yeux voyage à travers les galeries de mon âme pour chercher le secret de l'endroit où j'ai caché les bonbons que m'a donnés Mme Pérez, la sage-femme du deuxième, le jour où je suis monté récupérer le ballon qui s'était niché sur son balcon, et que j'ai découvert qu'elle n'était pas aussi sage qu'elle le prétendait.

Deux à trois fois par an, nous allions au cirque avec l'école. C'était la grande époque de Bouglione et Pinder, mais mon préféré, c'était le cirque Amar. À cause de la sonorité du nom, plus facile à retenir...

Dans la culture maghrébine, un grand nombre de contes commencent par la phrase : *Au temps où les animaux parlaient...* À force d'entendre cette formule, j'avais fini par croire qu'il existait une époque où les bêtes étaient dotées de la parole.

Dès que le cirque était en ville, j'adorais traîner autour de la ménagerie. Un après-midi, un chameau tourna la tête vers moi et me dit :

« Comment t'appelles-tu, petit ?

— Heu... je m'appelle Mohamed. Et vous ?

— Moi, c'est Miloud.

— Alors, vous parlez vraiment ?

— Évidemment. Tu ne me reconnais pas ?

— Non, désolé. Je ne vois pas. Vous, les chameaux, vous vous ressemblez tellement.

— Je suis un dromadaire, mon garçon, pas un chameau. Depuis que les hommes parlent, ils ne cessent de nous confondre, nous et nos cousins. Ce n'est pourtant pas difficile. Une bosse, dromadaire, deux bosses, chameau ! Mais revenons à nos chameaux. Est-ce que tu as vu *L'Atlantide* de Jacques Feyder ?

— C'est quoi, ça ?

— C'est un film très connu !

— Comment vous savez ça, vous ? Un chameau ne peut pas entrer dans un cinéma, il me semble !

— Sache, mon petit Mohamed, que j'ai été un grand acteur.

— Vous, un chameau ? Enfin, je veux dire, un dromadaire !

— Parfaitement. Je suis le premier acteur algérien de l'histoire du cinéma. J'ai joué avec Marlene Dietrich, Jean Gabin, Rudolph Valentino, Raimu, Fernandel, Pierre Blanchar, Omar Sharif. J'ai donné la réplique à Gary Cooper… J'ai passé mon premier casting en 1921, pour le tournage de *L'Atlantide*, précisément. J'étais jeune et je ne connaissais rien à la vie. J'avais un trac fou. En dépit de ma maladresse, le grand metteur en scène Jacques Feyder a senti que j'avais la bosse du cinéma.

— Qu'est-ce que vous faites là, alors ?

— Je suis trop vieux. Quand tu atteins un certain âge, le cinéma ne veut plus de toi. Et puis, entre nous, j'avais de grandes ambitions, mais on me cantonnait toujours dans le même emploi. J'étais… Comment t'expliquer ? Le chameau de service ! Tu vois ce que je veux dire ?

— Non !

— Je symbolisais l'Arabie, comme la neige symbolise l'hiver… J'ai trouvé du boulot dans ce cirque qui me montrait comme une curiosité. Le dompteur poussait parfois un peu trop le bouchon mais… Maintenant je suis vieux ; on ne m'emmerde plus. La parade en ville, un petit tour de piste, deux sourires, et l'affaire est dans le sac, comme dirait le crocodile zaïrois. Excuse le jeu de mots. C'est un *private-joke*…

— Un quoi ?

— *Private-joke*. Des blagues internes quoi. Pour nous moquer les uns des autres. Par exemple le crocodile me dit : Alors chameau, ça bosse !, du tac au tac, je lui réponds : Et toi croco, ça marche ? Tu vois la subtilité ? Non !

« Croco. Ça marche ! Les chaussures en croco… en peau de crocodile…

— J'ai pas compris !

— C'est ça les blagues *private-joke*. Il n'y a que ceux qui les racontent qui les comprennent. Tiens, je crois qu'on m'appelle ! Bon, allez c'est pas tout… J'y vais. Et viens me voir quand tu veux. Je te confierai plein d'anecdotes sur les tournages et te donnerai quelques ficelles de pros si jamais un jour l'envie de devenir acteur te traversait la tête. Tiens, ça me plairait bien ça… devenir professeur d'art dramatique. Allez ciao bello ! »

Le 5 juillet 1962, l'Algérie devenait indépendante. Le lendemain, sous les décibels assourdissants des chansons patriotiques, des hymnes à la liberté retrouvée, diffusés par les haut-parleurs accrochés aux arbres et aux poteaux électriques de la ville, la famille de Jeannette entassait quelques meubles dérisoires dans une camionnette et partait prendre le bateau à Alger. Malgré tout ce qui nous opposait depuis des mois, Jeannette ne comprenait pas pourquoi ils devaient soudain s'en aller vers nulle part. Moi non plus. Elle était assise sur une commode ancestrale, à l'arrière de la camionnette, et je la regardais s'éloigner, comme un idiot, debout au milieu de la rue. Elle me fit de petits signes timides avec la main, jusqu'à ce que la camionnette de « Charlot » disparût à l'horizon.

Dans les jours qui suivirent, j'ai vu partir tous les cow-boys, Mme Pérez, la sage-femme, Maurice le charcutier, Benattia le tailleur, Jeanne ma maîtresse d'école, Bouggie le concierge, Ménodo le goal de « l'Olympique sportive », Gomez le facteur, Raymond le boxeur, puis le plombier suivi par l'électricien et Roger le chauffeur d'autobus, ensuite ce fut le tour de Piraldi le cantonnier et... les fourmis rouges par processions entières.

Je revis Miloud que le cirque Amar avait abandonné sur la place lors de son dernier passage. Il tournait en rond, tout seul, à l'emplacement de la piste, seul acteur d'un numéro sans spectateur.

« Alors ? lui dis-je. Ça y est ! La colonisation, c'est fini ! Tu es un animal libre maintenant. Tu vas pouvoir faire du cinéma et devenir une star dans ton pays. Tout le monde va reconnaître et applaudir ton talent. Tu écriras tes propres scénarios. Tu seras le plus grand et le plus célèbre des dromadaires ! »

Il s'était arrêté de tourner, et me regardait d'un air bête en reniflant mes vêtements. Puis, sans plus me prêter attention, il reprit son tour de piste imaginaire. Je compris alors qu'il avait cessé de parler. C'était le jour de mes douze ans, qui coïncidait précisément avec le début de l'indépendance. Comme pour la plupart des hommes, mon enfance venait de prendre fin. Je savais maintenant que les animaux ne parleraient plus jamais.

En 1965, le colonel Boumediene, alors ministre de la Défense, organisa un coup d'Etat contre Ben Bella. À ce moment-là, dans les rues de la capitale, on tournait *La Bataille d'Alger*. Tandis que Ben Bella assistait à un match de foot à Oran, les militaires occupèrent Alger. Depuis quelque temps, ses habitants avaient pris l'habitude de voir les chars et les jeeps du film circuler dans les rues de la ville avec des figurants algériens, type européen, dans des tenues de parachutistes français. Au début, certains pensèrent même que la France était revenue.

« *Salam aâlikum ! Wach*, ça y est ! Vous avez changé d'avis ? On vous a manqué, hein ! De toute façon, vous êtes chez vous. Faites comme si on n'était pas là, les gars ! Nous, l'indépendance, trois ans, *barakat* ! »

Mais, ce 19 juin, quand ils virent des Algériens, type algérien, vêtus de tenues militaires soviétiques algériennes dans des chars chinois algériens, qui partaient à l'assaut du palais du gouvernement pour renverser le pouvoir en place, ils crurent d'abord à un faux raccord, à des négligences de cinéaste amateur : C'est normal qu'ils fassent des conneries. Ça fait à peine trois ans qu'on est indépendants, et ils veulent déjà faire des films comme à Hollywood ! Remarque, dans *Ben Hur*, j'ai vu un légionnaire romain avec une montre en or, et dans *Lancelot*, un téléphone sur la commode du roi Arthur, alors, hein !

Ce 19 juin, Pelé marqua un but de la tête, Boumediene réussit son coup d'État. Ben Bella eut un coup de sang. L'Algérie un coup de froid.

Le film est resté treize ans à l'affiche. C'était un film unique.

Trente ans plus tard, comme des milliers d'autres, j'ai fait ma valise et je me suis retrouvé en France. Je voulais repartir de zéro et reconstruire ma vie sur de nouvelles bases.

Un jour j'étais aux ASSEDIC et devinez qui je retrouve là, par hasard ? Jeannette ! Devant moi, en direct ! Jeannette la petite fourmi rouge !

« Oh là là, Jeannette ! C'est pas vrai ! C'est toi ! »

Elle ne m'avait pas reconnu. Je me suis avancé vers elle et je lui ai dit :

« Jeannette, tchu me reconnais pas ! »

Je lui ai parlé avec l'accent. Nous, les Algériens, chaque fois qu'on rencontre un pied-noir, on est obligé d'adopter leur accent sinon ils nous prennent pour des... des Arabes !

« Jeannette, tchu me reconnais pas. Mohamed ! Tizi-Ouzou ! Monsieur Bitoun ! Charlot !

— C'est pas vrai, Mohamed ! C'est toi ? » Qu'elle m'a dit.

Et elle a fondu en larmes. On est comme ça, nous. Chaque fois que l'occasion se présente, on lâche les vannes.

« Qui y aurait cru ya rabbi ! Ya yemma laâziza. J'ai toujours rêvé de revoir mes amis d'enfance avant de mourir. Tchu sais Mohamed, j'ai jamais été aussi algérienne que depuis que je suis en France !

— Et nous ! Là-bas, Jeannette, c'est le contraire !

— Alors, comment va Tizi-Ouzou ? Comment va le pays ?

— Ça va très bienn, *hamdoullah*, Jeannette ! Il ne manque que vous là-bas !

— Djis-moi, on m'a djit qu'il y avait plein de problèmes, et que ça a beaucoup changé. C'est vrai ?

— Ce sont des mensonges, Jeannette ! Ils exagèrent
toujours, les gens. Ils djisent n'importe quoi ? Faut
pas les croire. Là bas y a touut ce qu'il faut ! Y a le
soleil ! ! ! Y a un soleil là-bas... ay ay ay ! Tchu vas
où tchu veux tchu trouves pas un comme ça. Tu le
connais hein ? Il est... Il est énorme ! Il te suit partout
où tu vas. Il te lâche pas. Qu'est-ce qu'il y a de plus
en France ? Je te donne un exemple tout bête : ici
vous avez les 35 heures, nous, on a les 2 heures ! Et
2 heures dans l'année, hein ! Sauf les jours fériés où
on fait la queue douze heures de suite devant le
consulat de France pour le visa !

— Eh ben, justement, qu'est-ce qui se passe ? Il
paraît que tout le monde veut s'installer en France !

— Mais c'est normal, Jeannette, les Algériens veulent venir en France visiter les monuments ! Pour
aller au Louvre, à la Tragédie-Française, à l'opéra,
chez Tati ! Pour visiter le métro, les bistros ! On a soif
de cultchure, Jeannette ! Pourquoi tchu crois que je
suis là, moi ! Il ne me manquait rien là-bas. Et on
vient aussi pour voir la famille, bien sûûûr ! C'est normal, non ? Entre nous maintenant c'est la famille !
Faut qu'on se rende des visites de courtoisie. Faudrait
que tchu ailles en Algérie un jour, toi ! C'est ton pays
quand même, tchu es née là-bas, non ?

— Tchu crois qu'on peut y retourner, alors ?

— Mais bien sûr que tchu peux y aller ! Alors ! Pas
tout de suite, hein ! Tchu attends encore un peu, Et
quand tchu vas y aller, tchu verras de tes propres
yeux comment que le pays il s'est développé ay ay ay !
On a touuut maintenant hamdoullah ! Et... surtouut,
tchu sais Jeannette, là-bas, on produit beaucoup...
beaucoup... d'espoir ! »

La rentrée littéraire des Éditions J'ai lu

AOÛT 2010

INASSOUVIES, NOS VIES
Fatou Diome

HORS JEU
Bertrand Guillot

VAL DE GRÂCE
Colombe Schneck

UNE ODYSSÉE AMÉRICAINE
Jim Harrison

QUAND J'ÉTAIS NIETZSCHÉEN
Alexandre Lacroix

LE DERNIER CHAMEAU
Fellag

AVEC LES GARÇONS
Brigitte Giraud

DÉJÀ PARUS

LA MÉLANCOLIE DES FAST-FOODS
Jean-Marc Parisis

LÀ OÙ LES TIGRES SONT CHEZ EUX
Prix Médicis 2008
Jean-Marie Blas de Roblès

LA PRIÈRE
Jean-Marc Roberts

L'ESSENCE N DE L'AMOUR
Mehdi Belhaj Kacem

AVIS DE TEMPÊTE
Susan Fletcher

UN CHÂTEAU EN FORÊT
Norman Mailer

ET MON CŒUR TRANSPARENT
Prix France Culture/Télérama 2008
Véronique Ovaldé

LE BAL DES MURÈNES
Nina Bouraoui

ENTERREMENT DE VIE DE GARÇON
Christian Authier

L'AMOUR EST TRÈS SURESTIMÉ
Brigitte Giraud

L'ALLUMEUR DE RÊVES BERBÈRES
Fellag

UN ENFANT DE L'AMOUR
Doris Lessing

LE MANUSCRIT DE PORTOSERA LA ROUGE
Jean-François Dauven

Une littérature qui sait faire rimer plaisir et exigence.

9028

Composition
NORD COMPO

Achevé d'imprimer en Slovaquie
par NOVOPRINT
le 25 juillet 2010.

Dépôt légal juillet 2010.
EAN 9782290009055

ÉDITIONS J'AI LU
87, quai Panhard-et-Levassor, 75013 Paris

Diffusion France et étranger : Flammarion